LIÇÕES DO

coração

Coordenadora editorial: Tânia Lins
Coordenador de comunicação: Marcio Lipari
Capa e projeto gráfico: Equipe Vida & Consciência
Preparação: Janaina Calaça
Revisão: Equipe Vida & Consciência

1ª edição — 1ª impressão
4.000 exemplares — agosto 2018
Tiragem total: 4.000 exemplares

CIP-BRASIL — CATALOGAÇÃO NA PUBLICAÇÃO
(SINDICATO NACIONAL DOS EDITORES DE LIVROS, RJ)

M153L

Madalena (Espírito)
Lições do coração / Márcio Fiorillo ; pelo espírito Madalena.
- 1. ed. - São Paulo : Vida & Consciência, 2018.
224 p. ; 23 cm.

ISBN 978-85-7722-564-4

1. Romance espírita. 2. Obras psicografadas. I. Fiorillo, Márcio. II. Título.

18-50750 CDD: 133.93
CDU: 133.9

Este livro adota as regras do novo acordo ortográfico (2009).

Vida & Consciência Editora e Distribuidora Ltda.
Rua Agostinho Gomes, 2.312 — São Paulo — SP — Brasil
CEP 04206-001
editora@vidaeconsciencia.com.br
www.vidaeconsciencia.com.br

LIÇÕES DO coração

MÁRCIO FIORILLO

Romance ditado pelo espírito Madalena

Apresentação

Para se tornar um doador de órgãos no Brasil, não é necessário deixar uma autorização por escrito. Na verdade, cabe aos familiares dar essa autorização após a constatação da morte encefálica do indivíduo. Neste quadro, não há funções vitais e a parada cardíaca é inevitável. Embora ainda haja batimentos cardíacos, a pessoa com morte cerebral não pode respirar sem a ajuda de aparelhos. O processo de retirada dos órgãos pode ser acompanhado por um médico de confiança da família[1].

A doação de órgãos sempre foi motivo de polêmica em nossa sociedade. Ao longo de minha vida, já ouvi várias opiniões a respeito do assunto e também já fui questionado várias vezes quanto à minha posição em relação a ser ou não um doador de órgãos. Minha resposta? Sim! Não sei quando nem como se processará meu desencarne, mas espero — assim como a maioria das pessoas — que seja uma passagem tranquila, ou,

1 Informações retiradas do site www.brasil.gov.br

como muitos dizem quando alguém desencarna sem sofrimento, que eu morra “como um passarinho”. Deixo, contudo, isso com a vida, pois a mim só cabe viver procurando evoluir sempre — e creio que seja para isso que estou na carne. E você? Já tem uma opinião formada a respeito do assunto? Espero que, ao ler este simples e despretensioso romance, você, querido leitor, possa refletir melhor sobre o assunto e chegar a uma conclusão. E seja ela qual for, saiba que a vida sabe o que faz e que Deus está a seu favor hoje e sempre!

Abraços fraternos e boa leitura!

Márcio Fiorillo

Prólogo

Fernanda desceu rapidamente as escadas do salão de festas, arrastando no chão seu longo vestido verde-musgo. Seu coração estava dilacerado. Ela nunca poderia imaginar que Vagner seria capaz de tamanha baixeza. As cenas de minutos antes não lhe saíam da mente.

Ao chegar à rua, Fernanda olhou para os lados, tentando achar um ponto de táxi. Após tamanha humilhação que sentira, queria sumir daquele lugar, desaparecer da vista de todos ou quem sabe até morrer para aliviar a dor que apertava seu peito. E, sem atinar com as ideias, atravessou a rua. Estava tão absorta em seus pensamentos que não notou que o farol estava aberto e que um carro vinha em sua direção. O motorista tentou frear, mas fora em vão. Com a batida, o corpo da moça foi arremessado longe, causando tumulto em uma rua movimentada da cidade de Vila Velha, no Espírito Santo.

A madrugada findava, quando as centrais de notificação, captação e distribuição de órgãos (CNCDOs) foram informadas da morte encefálica de um paciente. Naquele momento, iniciava-se uma corrida contra o tempo, selando, assim, o destino de vidas que iriam se cruzar por meio do recebimento de órgãos de uma mesma pessoa.

***

Uma ambulância corria pelas ruas de uma grande metrópole, abrindo caminho entre os carros que davam passagem para o veículo, sem que os motoristas soubessem que lá dentro alguém lutava para continuar sua trajetória na carne. Em pouco tempo, chegaram ao hospital, onde uma equipe médica já estava preparada para realizar mais um transplante de coração.

Capítulo 1

Segurando o longo vestido, Renata entrou na casa-grande batendo os pés e adentrou apressadamente na sala. Precisava confirmar com a mãe se o que Clarice lhe dissera havia pouco era verdade e, antes que fosse tarde demais, precisava também dar um ponto final naquela conversa absurda que ouvira de sua mucama. E, com esses pensamentos, aproximou-se de sua genitora, que ajeitava com uma das escravas alguns vasos de flores. Vendo o semblante tranquilo de Antonieta, Renata inquiriu apressadamente:

— Que história é essa de preparar a casa para receber a visita dos Andrades, mamãe?

Antonieta mediu a moça de cima a baixo. Na certa, Clarice ouvira, horas antes, a conversa dela com o marido e fora dar com a língua nos dentes. Conhecendo o temperamento difícil da filha, foi logo dizendo:

— Quando aquela negrinha aparecer aqui irá para o tronco! Farei com que Alonso mande lhe aplicar vinte chibatadas!

— Não mude de assunto! Clarice não teve culpa de nada, e, depois, nada do que se fala nesta casa é segredo para nossos escravos. Papai sempre os tratou como iguais!

Renata colocou a mão no peito e respirou fundo. Uma leve vertigem a acometeu e, se não fosse a agilidade de nhá Maria, teria caído. Ao deparar-se com a face pálida da filha, Antonieta ajudou a escrava a colocar a moça no sofá e rapidamente abriu o vestido de Renata, afrouxando-lhe o espartilho. Enquanto isso, a negra correu à cozinha para buscar suas ervas para minutos depois esfregar uma mistura nos pulsos da jovem e a fazer cheirar um pouco do líquido esverdeado. Quando notou que Renata voltava ao seu estado normal, nhá Maria trocou olhares com sua senhora e deixou mãe e filha sozinhas.

Antonieta acariciou os longos cabelos de Renata e, preocupada com o estado de saúde da filha, comentou em tom que procurou manter terno:

— Ah, minha menina, sinto lhe dizer, mas não temos o que fazer. Seu pai já deu a palavra à família de Augusto, e hoje os Andrades entrarão nesta casa para oficializarem o pedido.

— Mas não quero me casar com aquele fedelho do Augusto! Eu não o suporto, mamãe! Como serei feliz num casamento sem amor? — Uma lágrima de revolta caiu despercebida pelo rosto da jovem. Penalizada com a dor da filha, Antonieta acariciou a face da moça dizendo:

— Com toda a certeza, Augusto mudou. Ele não deve ser mais aquele rapaz petulante que passava a cavalo chicoteando os pobres negros a deveras. Formou-se em advocacia na Inglaterra e é de longe o melhor partido para você, portanto, trate de mudar essa fisionomia, pois não tem mais o que questionar. Você se casará com ele e ponto final!

Renata levantou-se abruptamente e, tal qual uma criança mimada, saiu da sala batendo os pés, indo chorar em sua cama e deixando a mãe terminar os afazeres domésticos.

Meia hora depois, quando Clarice entrou na sala, encontrou a senhora sentada à sua espera. Ao vê-la, Antonieta fuzilou-a com o olhar e disse:

— A senhorita está me saindo uma bela alcoviteira! Saiba que já falei com seu senhor, e ele lhe aplicará um corretivo!

Clarice sentiu o sangue gelar e, tremendo como uma vara verde, ajoelhou-se aos pés de sua senhora dizendo:

— Perdão, senhora, não falei por mal. Achei que a sinhazinha ficaria feliz em saber do noivado próximo com o senhor Augusto. Queria vê-la feliz!

— De boas intenções o inferno está cheio! Eu a conheço bem, menina abusada! Desta vez, vou perdoá-la, mas, se souber que continua a ficar escondida atrás das portas, ouvindo a conversa de seus senhores, eu mesma a levarei para o tronco! Agora vá atrás de sua sinhazinha e veja se consegue melhorar o estado de espírito dela!

A jovem levantou-se e, após beijar a mão da senhora, correu para o quarto de Renata, deixando Antonieta perdida em seus próprios pensamentos.

***

As primeiras estrelas despontavam no céu, quando a carruagem atravessou os portões da fazenda Ouro de Minas, nome dado ao local pelos bisavôs de Renata, que, ao chegarem de Portugal, se instalaram em Minas Gerais para explorarem o ouro da região. Quando viu o cocheiro parar em frente à casa-grande, Carmem voltou-se para o filho dizendo:

— Seja educado com os Carmos e trate de fazer a corte à filha deles. Essa união nos deixará em uma situação ainda mais privilegiada, uma vez que Renata é filha única, e essas minas serão somadas às nossas, fazendo de você um dos homens mais ricos deste país!

Augusto respirou fundo. Não tinha a menor vontade de se casar com aquela moça mimada com quem vivia brigando na infância, mas o que poderia fazer? Era seu dever respeitar a vontade de seus pais e não tinha outra opção a não ser concordar em se unir à família Carmo. Então, sem abrir a boca, desceu da carruagem e ajudou a mãe a sair.

O pai de Augusto, até então em silêncio, abriu um sorriso ao ver o anfitrião na sacada da casa e, acompanhado de sua família, subiu os degraus. Pouco depois, todos já estavam confortavelmente instalados na sala de visitas.

Notando que a filha não aparecia no recinto, Antonieta pediu licença a todos e foi até a cozinha, onde Clarice conversava com a cozinheira e tentava experimentar a comida que estava sendo preparada no fogão à lenha. Comentou:

— Clarice, pare de conversar e vá chamar Renata. Diga-lhe que quero vê-la impecável e com um sorriso no rosto em um piscar de olhos, pois, do contrário, eu mesma irei buscá-la!

A jovem consentiu com a cabeça e saiu correndo, chegando rapidamente ao quarto da sinhazinha, que ainda estava do mesmo jeito quando a deixara naquela tarde. Notando o olhar de Renata, Clarice comentou:

— Vamos, sinhá! Sua mãe quer vê-la com os convivas!

— Eu só saio morta deste quarto!

— A sinhazinha não tem a menor vontade de rever o sinhozinho Augusto? Dizem que ele se tornou um moço muito bonito! — Clarice piscou para a amiga e sinhá desde a infância. Ela mesma estava curiosa para rever Augusto e só não fora à sala porque Antonieta designara outra criada para servi-los.

Percebendo o que se passava no íntimo da mucama, Renata levantou-se e disse:

— Tive uma grande ideia! Venha, Clarice!

Clarice deixou-se arrastar pela jovem, e as duas passaram ao quarto de vestir, onde Renata começou a vasculhar seus vestidos. Pegando um cor-de-rosa, a jovem aproximou-o do corpo da mucama dizendo:

— Perfeito! Ficará lindo em você! Vamos, vista-o!

A negra olhou para a jovem sinhá e, sem ter escolha, deixou-se vestir pela moça, que dava gritinhos frenéticos ao ver a mucama transformando-se em uma linda dama. Após alguns minutos, arrastou a moça até o espelho dizendo:

— Veja como você ficou linda, Clarice!

A jovem mucama olhou admirada para a imagem que via à sua frente; estava realmente muito bonita com aquela roupa. Clarice era mestiça, filha de uma escrava com um capataz da fazenda. Seus traços eram delicados, e sua pele morena contrastava com os olhos verdes, vivos e expressivos que herdara do pai. Os lábios, grossos e carnudos, eram bem delineados, e os cabelos levemente encaracolados faziam da jovem uma mulata cobiçada pelos homens da fazenda, e, se não fosse a proteção de seus senhores, Clarice já teria sofrido abuso dos funcionários e até mesmo dos senhores que iam até a fazenda Ouro de Minas para negociar com Alonso. Os homens sempre elogiavam a negrinha e chegavam a oferecer ao proprietário valores exorbitantes pela compra da escrava, o que nunca fora aceito pelo senhor por consideração à filha. Isso sempre rendia comentários maldosos, e alguns homens chegavam a dizer que a moça era fruto das idas de Alonso à senzala na calada da noite, o que nunca ocorrera, uma vez que o senhor mantinha seus princípios e o respeito aos negros de suas terras.

— Pronto, agora é só descer, ir ao encontro de Augusto e se apresentar como Amanda. Ficarei de soslaio só para ver a reação dele e de seus pais!

— Vosmecê está com alucinações, sinhazinha! Não posso fazer isso! Seus pais vão me matar com chibatadas!

— Deixe de ser medrosa! Papai nunca a levaria ao tronco! Todos da fazenda Ouro de Minas sabem que o tronco só não foi tirado para manter o respeito e lembrar ao seu povo que, mesmo sendo bem tratado e considerado igual a nós, não deixou de ser escravo. E também porque papai tem de manter as aparências perante os outros senhores! Agora vá!

Clarice baixou a cabeça, tentou andar, mas as pernas da moça não a obedeceram. O corpo da jovem tremia, e, com um olhar de súplica, ela voltou-se para Renata, que a pegou pelo braço e a conduziu até o final do corredor, no qual podiam ouvir as vozes dos convidados em animada palestra. Percebendo que a jovem iria titubear, ordenou:

— Vá! Dou-lhe minha palavra de que irei em seguida, antes mesmo de alguém tentar esboçar qualquer reação!

Clarice obedeceu, afinal, ela recebia ordens da sinhazinha e não poderia contrariar sua dona. Aprendera isso desde criança e, esforçando-se para não chorar, andou cautelosamente até a sala onde Augusto descrevia sua vida na Europa e falava sobre o movimento abolicionista, que aumentava a cada dia no mundo, e o qual ele e sua família eram contra. Essa posição desagradava Alonso, que viu no futuro genro um homem conservador e com pensamentos opostos aos seus e de sua família, chegando a se arrepender de ter firmado o acordo de uni-los. Estava tão imerso em seus pensamentos que não percebeu quando todos se calaram estupefatos com a cena que acontecia diante dos olhos do grupo: uma jovem mulata desconcertada e muda apresentava-se vestida de sinhazinha. Foi Antonieta quem, olhando a jovem naqueles trajes e percebendo a distração do marido, se levantou de sobressalto decidida a tomar a dianteira da situação:

— O que é isso, Clarice?! O que está fazendo com as roupas de sua sinhá?

Alonso observava a cena estupefato e, por alguns segundos, teve ímpetos de gargalhar. Sua filha saíra-se muito bem, e aquele era um ótimo motivo para desfazerem o acordo.

Clarice, ao ver a senhora à sua frente com os olhos crispando fogo, respondeu:

— Sinhá Renata me mandou vir em seu lugar, pois está indisposta!

Augusto deu uma gargalhada e bateu palmas, chamando a atenção de todos para si. Por fim, remexendo-se na cadeira, ele disse:

— A sinhazinha sempre foi muito espirituosa! Lembro-me de que na infância brincávamos de mudar os papéis! Adorei a surpresa!

Clarice arregalou os olhos, pois era verdade o que ele dizia. Quando eram crianças sempre brincavam juntas, e Renata vivia vestindo-a com suas roupas, como se ela fosse sua boneca.

Aliviada com a atitude do futuro genro, Antonieta pediu licença e tirou Clarice da sala, arrastando-a pelos braços até os dormitórios, onde viu a filha observando a reação dos visitantes na sala.

— Você foi longe demais com essa brincadeira! Onde se viu fazer nossos convidados passarem por tal constrangimento? Agora, vá para a sala e trate de se comportar como uma legítima dama!

Renata não respondeu. Dera seu recado, e seria questão de tempo para aquele compromisso ser desfeito.

Com um sorriso, a jovem entrou no recinto acompanhada da mãe e cumprimentou a todos delicadamente. Quando se levantou para beijar a mão da moça, Augusto comentou:

— A sinhazinha continua a mesma. Obrigado por me fazer recordar nossa infância!

Renata mediu-o de cima a baixo e, ao cruzar o olhar com o dele, sentiu um frio percorrer sua espinha. Era certo que Augusto odiara o que ela fizera e que só estava agindo daquela forma para agradá-la e deixá-la em dívida com ele. Decidida, a moça fingiu acreditar no rapaz e delicadamente se sentou ao lado da mãe, permanecendo em silêncio. Só comentava algo quando era solicitada e daquele jeito terminou a noite: com a promessa de que seria cortejada pelo rapaz três vezes por semana.

Capítulo 2

Vagner passou levemente a mão no cabelo ao parar no degrau da escada rolante. Aquele seria seu primeiro dia de trabalho na cidade de São Paulo, meses depois da tragédia que acabara com sua vida. A subida já estava no final, e ele já podia avistar os suntuosos prédios da Avenida Ipiranga, o que o fez sorrir interiormente. Mais alguns passos e estaria na Rua Sete de Abril. O cheiro da cidade envolveu-o. Não estava acostumado à agitação de São Paulo e logo levou um esbarrão de uma bela jovem, que, ao olhar para ele, lhe pediu desculpas, não sem antes sentir o cheiro gostoso do perfume de Vagner e observar seu porte elegante, vestindo uma calça social cinza-escura com uma camisa branca e um terno na mesma cor da calça. A forma como se vestia e se portava realçavam a beleza dele.

Vagner era um moreno de olhos verdes, de olhar penetrante, lábios carnudos, corpo másculo, tinha 1,80 metro de altura e deixava qualquer mulher embevecida. E foi com passos curtos que desfilou sua beleza pela rua até parar em um prédio comercial onde, após se identificar na portaria, entrou no elevador e subiu até o décimo andar, no qual funcionava o escritório da empresa. Começaria a trabalhar naquela manhã como supervisor administrativo.

Cumprimentando todos que via pela frente, Vagner chegou até a sala de Roberto, seu chefe, e após uma leve batida na porta recebeu autorização para entrar. Ao ver o amigo, Vagner abriu um largo sorriso e disse:

— Bom dia, Beto! Espero não estar atrasado, mas lembro que me pediu para entrar às nove e meia.

— Está absolutamente pontual, meu amigo! Na verdade, pedi para que chegasse um pouco mais tarde justamente para encontrar todos trabalhando, pois assim ficará mais fácil fazer as apresentações!

— Sim, senhor! — brincou ao responder com um lindo sorriso ao chefe e amigo, fazendo o outro se levantar da cadeira para abraçá-lo.

Os dois homens deixaram a sala, e Roberto fez questão de apresentar Vagner a todos os funcionários, deixando a seção em que ele iria trabalhar por último. Ao entrarem na sala, depararam-se com três funcionários — dois homens e uma bela mulher —, que estavam concentrados em seus afazeres. Roberto pigarreou para chamar a atenção dos três e disse em seguida:

— Este é Vagner, o novo supervisor de vocês. Quero que tenham por ele o mesmo respeito que tinham por Lara! — em seguida, apontou para um dos rapazes que estava com cara de poucos amigos e continuou: — Este é Leandro, esta é Silvana e aquele é Zé Carlos, mas pode chamá-lo de Zeca!

Os três se levantaram para apertar a mão do novo supervisor. Feitas as apresentações, Roberto deu um leve tapinha nas costas do amigo e deixou-os a sós. Vagner recostou-se em sua cadeira e, chamando a atenção dos três, comentou:

— Não sei se Roberto comentou com vocês, mas sou capixaba e vim do Espírito Santo para recomeçar minha vida em São Paulo e, embora eu seja amigo dele desde a infância, tenho qualificações profissionais para assumir este cargo. Digo isso para que ninguém pense que cheguei a esta empresa com cargo de chefia por ser amigo do dono.

Zeca deu uma risada forçada e, em seguida, baixou a cabeça. Foi Silvana quem respondeu:

— Aqui trabalhamos em equipe, Vagner. Ontem, Roberto nos chamou para uma reunião e nos colocou a par de suas qualificações. Saiba que estamos à sua disposição para o que precisar. E seja bem-vindo!

Silvana esboçou um sorriso sincero e, em seguida, voltou-se para a tela de seu computador, fazendo seu novo chefe retornar ao trabalho e concentrar-se em seus afazeres.

No horário do almoço, a jovem convidou Vagner para almoçar com a equipe em um restaurante simples na Rua Barão de Itapetininga, convite que foi aceito sem titubeios, uma vez que ele desejava saber com quem estava trabalhando, e nada melhor que um almoço informal para isso.

Chegando ao local, todos pediram o prato do dia. Sempre simpática, Silvana apresentou Vagner ao dono do restaurante, que abrira para os funcionários do escritório um tipo de caderneta, na qual eram anotadas as refeições a serem cobradas no fim do mês.

— Você deve estar acostumado a restaurantes caros... Creio que não vá se sujeitar a comer conosco nesta espelunca — comentou Zeca, terminando de mastigar um pedaço de carne.

— Está enganado, Zeca. Sou uma pessoa simples, e, além disso, minhas reservas financeiras não são muitas, uma vez que... — Vagner calou-se. Não queria falar sobre seu passado e contar que largara o emprego de executivo em uma multinacional após dar um soco no rosto do chefe e que investira todo o seu dinheiro na compra e reforma do apartamento, onde pretendia morar com Fernanda após o casamento.

Vendo que os três esperavam que ele continuasse, Vagner balançou levemente a cabeça de forma negativa e disse em seguida:

— Bem... deixa pra lá... O que importa é que estou aqui com vocês e que esta é uma ótima oportunidade para nos conhecermos melhor! — E voltando-se para Leandro, que até então comia de cabeça baixa, pediu: — Me fale um pouco sobre você, Leandro. É casado, tem filhos?

Leandro levantou a cabeça, já imaginando que, durante o almoço, o tema da conversa seria voltado para a vida particular de cada um. Por fim, respondeu com um leve sorriso:

— Não, sou solteiro. Estou terminando a faculdade de Letras. Aqui, o único casado é o Zeca. Eu e Silvana estamos à espera de um milagre!

Vagner riu prazerosamente e, em seguida, respondeu:

— Eu não me casei e nem pretendo. Para mim, relacionamento amoroso nunca mais!

— Nunca é muito tempo, se levarmos em consideração que temos a eternidade pela frente! — respondeu Silvana, fazendo os dois rapazes se entreolharem, já sabendo o que viria pela frente. Como sempre dizia, Silvana era adepta às leis espirituais, e se o novo membro do grupo esticasse a conversa, mas não se interessasse pelo assunto, iria se arrepender de tê-lo começado — e foi o que aconteceu.

— Nós não temos a eternidade e sim algumas décadas pela frente, portanto, acho que consigo me livrar de um relacionamento amoroso até o final de minha vida!

— Xiii... resposta errada! — comentou Leandro, fazendo Zeca rir.

Não se fazendo de rogada, Silvana respondeu:

— Se levarmos em consideração que nosso espírito é eterno, algumas décadas não significam nada, sendo assim, cedo ou tarde, a vida colocará alguém no seu caminho para que aprendam o que for necessário juntos.

— Você é adepta do espiritismo?

— Prefiro dizer que sou espiritualista, não gosto de rótulos. Sou estudiosa da codificação de Allan

Kardec, mas gosto de ser livre para pensar e agir, por isso, leio e estudo outros cientistas que, com seus experimentos, ajudaram a comprovar a existência de vida fora da matéria.

Vagner mordeu os lábios em sinal de nervosismo. Detestava falar sobre morte, mas, diante do olhar penetrante de sua nova amiga, comentou:

— Acho mais fácil o ser humano querer acreditar que a vida não acaba no túmulo do que aceitar que somos passageiros aqui na Terra.

— Ao contrário! Quem aceita a espiritualidade aceita a si mesmo, pois, ao tomar conhecimento das leis que regem o universo, automaticamente se torna consciente de seus atos. E sabemos que somos responsáveis por eles. É por isso que a maioria das pessoas ainda reluta em aceitar a continuidade da vida fora da matéria.

Vagner não retrucou, afinal, tudo o que queria era fazer sua refeição sem se preocupar com aquele tema que, para ele, era fantasioso. Silvana, percebendo que ele se retraíra, não disse mais nada, o que foi bem recebido pelos três homens, que terminaram a refeição falando sobre a cidade de Vila Velha e sobre Vitória. Vagner fez questão de explicar o porquê de eles serem chamados de capixabas, nome dado pelos índios tupi-guaranis e que significa "terra limpa para a plantação". Terras onde eram plantados milho e mandioca. O grupo ficou tão absorto na conversa que os minutos passaram num piscar de olhos, e logo todos já estavam de volta ao escritório.

A tarde passou rapidamente. Vagner deixou os três funcionários à vontade, o que foi um alívio para eles, que não sabiam o que esperar do novo supervisor. No final do expediente, desligaram os computadores e foram saindo, não antes de desejarem a Vagner um boa-noite.

Vagner já estava saindo, quando Roberto entrou em sua sala dizendo:

— Aqui não pagamos horas extras, meu amigo!

— Eu sei... Na verdade, gosto de trabalhar, pois é melhor que chegar àquele minúsculo quarto e sala na Santa Cecília para ficar olhando para as paredes.

— Deve estar sendo difícil para lidar com tudo o que aconteceu, mas tenha paciência, pois vai passar!

Vagner ficou pensativo por alguns instantes e em seguida respondeu:

— Isso é o que todos dizem, mas não sei... Fui culpado pelo acidente de Fernanda, e minha consciência me acusa. Você sabe que me mudei de cidade achando que, vivendo longe do cenário em que tudo aconteceu, talvez as coisas ficassem mais fáceis. Que talvez ficasse mais fácil esquecer aquela maldita noite! Pura bobagem...

— Você vive onde seus pensamentos estão, Vagner, portanto, mude seus pensamentos. Do contrário, ter vindo para São Paulo no intuito de recomeçar terá sido em vão!

Vagner mediu Roberto de cima a baixo. O amigo nunca fora dado à filosofia e, querendo provocá-lo, comentou:

— Pelo visto, dona Silvana deve passar horas conversando com você, pois está falando como ela!

Roberto riu do comentário. Não sabia qual teria sido o motivo para a vida reaproximar os dois e, com um brilho indefinido no olhar, respondeu:

— Eu e Cibele frequentamos o mesmo grupo de estudos de Silvana. Somos estudiosos das leis que regem o universo, portanto, compartilhamos dos mesmos ideais. E, se eu fosse você, iria conosco um dia, pois tenho certeza de que lhe faria muito bem!

— Se eu não ouvisse isso de sua própria boca, não acreditaria. Você metido com assuntos de almas, espíritos, vida após a morte? Quem te viu e quem te vê!

Vagner começou a rir, fazendo Roberto lembrar-se de seu passado e dos motivos pelos quais o amigo ficara indignado com tantas mudanças. Por fim, acabou rindo também e respondeu em seguida:

— Para você ver como a vida muda as pessoas! Basta que estejam maduras e dispostas a aprender o que ela tem a ensinar. Foi o que ocorreu comigo. Na hora certa, deixei de lado a boemia, as noites na esbórnia e a bebida, mas essa é uma longa história e tenho certeza de que, no dia que for jantar em casa, Cibele fará questão de lhe contar! Agora vamos, preciso fechar o escritório.

Os dois deixaram o local em palestra animada, e na rua cada qual tomou seu destino em direções opostas, assim como eram opostos os rumos que cada um dera às suas vidas. Rumos e caminhos que, por força do destino, se cruzaram novamente. Vagner não pôde ver, no entanto, que uma sombra passara a seguí-lo, assim que ele se despediu do amigo.

Capítulo 3

Lara terminou de vestir-se e olhou-se no espelho. A pele da moça estava bronzeada, resultado do sol que ela tomara no dia anterior na piscina do clube mesmo a contragosto de sua mãe, que, preocupada com a recuperação da filha, fazia de tudo para impedi--la de sair.

Lara era uma mulata muito bonita. Seu rosto angular e seus olhos grandes cor de mel realçavam sua beleza. Os cabelos cacheados da jovem estavam penteados para o alto e uma fita verde-escura mantinha-os presos, evitando que caíssem no rosto da moça. Ao passar o batom e esfregar os lábios um no outro, Lara sorriu. Ivone, ao entrar no quarto da filha e vê-la sorridente, balançou a cabeça negativamente dizendo:

— Acho melhor pedir mais alguns dias ao doutor Roberto antes de voltar ao trabalho!

Lara voltou sua atenção para a mãe. Não aguentava mais o zelo excessivo que a mulher adotara com a filha desde que ela ficara doente. Com um olhar firme, porém, compreensivo, a moça respondeu:

— Já recebi alta médica e do INSS, mamãe. Não é justo com Roberto eu ficar adiando a volta ao trabalho. Além disso, a senhora mesma ouviu doutor Romero dizer que posso voltar a ter uma vida normal, salvo alguns cuidados que já sabemos de cor e salteado. Sem falar que precisamos colocar comida na mesa, pois Marcelo é casado e tem sua família para sustentar. Ele não pode nos ajudar financeiramente, e a senhora só pode contar com meu salário para complementar o orçamento, uma vez que a pensão que recebe da previdência... Aff! Não quero nem pensar!

Lara deu um beijo na mãe e, em seguida, foi até a cozinha e serviu-se de alguns pedaços de maçãs cozidas com alguns cravos da índia e mel. Após a cirurgia, ela teve de mudar seus hábitos alimentares, uma vez que um transplantado precisava manter uma dieta principalmente à base de frutas e verduras cozidas, tirando de vez os alimentos crus de sua alimentação, coisa que Ivone vazia questão de seguir à risca. Em seguida, tomou seus imunossupressores, e, já estava de saída, quando a mãe a fez voltar.

Olhando com carinho para a filha, Ivone beijou a face de Lara desejando que ela fosse feliz no retorno ao trabalho e, claro, enchendo-a de recomendações. A moça, por sua vez, limitava-se a concordar com um aceno afirmativo. Lara, por fim, entrou no automóvel e deixou a casa em que morava com a mãe em um bairro periférico da cidade de São Paulo rumo ao centro. Cerca de uma hora depois, devido ao trânsito lento daquela manhã, ela finalmente chegou ao estacionamento. No prédio, cumprimentou cordialmente Fábio, o porteiro, que, feliz em vê-la bem, abriu um sorriso franco e lhe desejou boas-vindas. Lara, para retribuir o gesto, abraçou o senhor que trabalhava naquele local havia anos e que conhecia cada funcionário como a palma de sua mão.

Ao descer do elevador, Lara respirou fundo. Roberto ligara para a casa dela alguns dias antes, dizendo que iriam fazer uma festinha para celebrar sua chegada e justificou que não quisera fazer surpresa devido ao estado de saúde da moça. Com essas lembranças, Lara suspirou. Precisava acostumar-se com o cuidado das pessoas, afinal, depois de muito tempo lutando contra uma doença coronária irreversível, conseguira ser submetida a um transplante que, até então, estava sendo bem-sucedido e não havia nenhum sinal de rejeição — fantasma que assombrava a cabeça de todos os transplantados e que era sinalizado pelos médicos que, com cuidado, lembravam seus pacientes de que aquela possibilidade não era descartada.

Foi com alegria que a recepcionista deu um forte abraço em Lara e comentou em seguida:

— Estou feliz com sua recuperação! Este escritório não é o mesmo sem você — e, dando uma olhada para os lados e certificando-se de que ninguém estava por perto, prosseguiu: — O cara que ficou no seu lugar é meio chato, sabe... não tem sua luz!

Lara riu prazerosamente da forma como a moça falara e, após agradecer-lhe, comentou:

— Roberto falou por alto do novo chefe do departamento de contabilidade, mas, ao contrário de você, ele teceu elogios ao rapaz. Mas, mudando de assunto, onde está o povo deste escritório?

— Todos estão na sala do chefe esperando você chegar!

Lara pegou no braço da amiga, e juntas atravessaram um longo corredor. Ao chegarem à sala de Roberto, ouviram o som alegre das vozes de seus amigos, que conversavam animadamente. Vendo as duas se aproximarem, gritaram de felicidade.

A sala estava toda enfeitada com balões e, logo acima da mesa de Roberto, fora posicionada uma cartolina enfeitada, na qual estava escrito "Boas-vindas!". Lara emocionou-se. Várias vezes ao longo do tratamento, enquanto aguardava o transplante, ela chegara a acreditar que nunca mais colocaria seus pés naquele escritório.

Com carinho, Lara abraçou um a um. Roberto esperou pacientemente até chegar sua vez de abraçar a funcionária, que, para ele, era como uma filha. Com lágrimas nos olhos, desejou-lhe felicidades em sua nova etapa de vida.

— Meu Deus, desse jeito terei um infarto! Vocês me deixaram emocionada! — comentou Lara com um sorriso, fazendo todos rirem e alguns mais supersticiosos baterem na madeira.

Vagner, que estava a um canto assistindo a tudo calado, ao ver o chefe lhe acenar, aproximou-se. Roberto foi logo fazendo as apresentações:

— Lara, este é Vagner! Ele ocupou seu lugar no escritório e está se saindo muito bem. Quero que sejam amigos para que possamos trabalhar em equipe!

A moça olhou nos olhos de Vagner e sentiu um friozinho percorrer seu corpo. Sem conseguiu definir o motivo daquela reação interna e tentando disfarçar as sensações que tivera com aquele aperto de mão, Lara abriu um largo sorriso e disse:

— Já sei que é um excelente profissional! Toda as vezes em que Roberto falava comigo ao telefone, ele comentava a seu respeito. Confesso-lhe que cheguei a ficar com ciúmes.

Vagner abriu um lindo sorriso, que deixou a jovem ainda mais embevecida, e respondeu:

— A recíproca é verdadeira. Nosso chefe gosta de elogiar seus funcionários!

— Gosto não! Sou justo! Aprendi com a vida que tecer elogios verdadeiros aumenta a autoestima dos funcionários, que, ao terem seu trabalho reconhecido, o fazem com alegria. Creio que todo patrão deveria reconhecer as qualidades de seus trabalhadores e proporcionar-lhes aumentos e gratificações de acordo com seus esforços.

— Em contrapartida, se alguém entra nesta empresa e não veste a camisa, acaba parando no olho da rua rapidinho! — interpelou Lara, fazendo os dois rirem prazerosamente. Em seguida, a moça deixou-os a sós, sem saber que na mente de Vagner passava um turbilhão de pensamentos, e seguiu para conversar com outros colegas, que queriam saber como ela estava lidando com o novo órgão.

Capítulo 4

Fernanda acordou assustada. Sonhara que estava em uma ambulância, que corria pelas ruas da cidade com a sirene ligada. Ao olhar à sua volta, sentiu o corpo estremecer. Estava em uma enfermaria com mais algumas pessoas, e todas dormiam pesadamente. Do alto, uma luz verde intensa banhava as macas. Fernanda achou a cena estranha, pois nunca vira aquele tipo de tratamento em um hospital. A essa constatação, esforçou-se para sentar-se. Precisava falar com o médico responsável, afinal de contas, possuía um convênio que lhe dava direito a um quarto privativo, e, fosse qual fosse o motivo de estar internada, nada justificava ter de compartilhar um quarto com tanta gente. E só de pensar que estava exposta a doenças e bactérias dos outros, sentiu um arrepio. Fernanda ia tentar sair da cama, quando uma jovem enfermeira apareceu e com um sorriso comentou:

— Você ainda está muito fraca. Seu perispírito ainda não se recuperou por completo, portanto, continue deitada!

— Não ficarei mais um minuto neste quarto compartilhado! Exijo meus direitos! Você tem noção de quanto pago de convênio médico por mês para depois acordar nesta enfermaria?!

— Aqui seu convênio médico não vale nada. Mantenha a calma e durma mais um pouco. — A enfermeira fê-la deitar-se e, após pegar um copo com água que estava em um pequeno criado-mudo ao lado da maca, entregou-o a Fernanda dizendo:

— Beba esta água. Vai lhe fazer bem!

Fernanda não protestou. Sua garganta estava seca, e aquela água lhe cairia muito bem. A moça sentiu um leve torpor e logo voltou a dormir, sem perceber que a luz verde fora acesa, formando uma espécie de tubo por todo o seu corpo astral. A enfermeira, certificando-se de que tudo estava sob controle, deixou o quarto e foi direto à sala do diretor daquele hospital no astral. Após uma leve batida na porta, entrou dizendo:

— Fernanda acordou pela segunda vez e novamente reclamou de estar sendo tratada em uma enfermaria.

Acostumado com aquele tipo de atitude, Élcio abriu um sorriso e em seguida respondeu:

— Tudo seria diferente se, quando estivéssemos na carne, aprendêssemos a lidar com nosso orgulho e a desfazer as ilusões que envolvem nosso ego e entendêssemos que somos seres que vivem além da matéria. Fernanda não é a primeira e não será a última a reclamar, mas um dia todos aprenderão a ser gratos ao que recebem da vida, e aí a vida lhes dará tudo o que for necessário. Obrigado pela informação, Grace!

Grace abriu um sorriso e deixou o local. Vendo a jovem sair, Élcio balançou a cabeça. Havia anos comandava no astral aquele hospital para recém-desencarnados que, em sua maioria, doavam seus órgãos após o desencarne, e as reclamações e queixas continuavam as mesmas. Ele acreditava que o que faltava aos encarnados eram mais informações sobre como o perispírito reage após acordar fora da matéria e após os órgãos do corpo físico serem doados. E, tentando mudar seus pensamentos, fechou os olhos e fez uma sentida prece, pedindo à providência divina que amparasse a todos daquele local de refazimento.

Élcio ficara tão absorto em suas meditações que não percebeu a chegada de Jocasta, que, ao ver o amigo, abriu um lindo sorriso e disse:

— Estamos todos registrados na escola da vida, onde as provas são aplicadas de acordo com nossas necessidades evolutivas.

Élcio abriu um sorriso e pensou que aquele espírito amigo conhecia o âmago do seu ser. Ao se levantar, comentou:

— Não imaginei que viria conversar comigo pessoalmente! Sou grato por sua visita! Sua tutelada está prestes a recuperar a memória, o que me preocupa!

— Fernanda é um espírito que há muitas encarnações luta contra suas fraquezas, e sabemos que será difícil mantê-la neste lugar. Sabemos que ela seguirá seu coração e, com o egoísmo que ainda é latente em seu espírito, terá de passar por provas de dor antes de seguir seu caminho.

— Caminho este que todos nós trilhamos! Sabia que penso em voltar à carne nas próximas décadas, mas o medo de errar ainda me impede de procurar o departamento reencarnatório para fazer o pedido?

— Você já possui lucidez de espírito e, quando chegar a hora, irá para novos aprendizados com esperança e alegria.

Élcio calou-se. Vendo o amigo voltar-se para seus dramas íntimos, Jocasta esboçou um sorriso de encorajamento e deixou o local para dar uma volta no hospital que ajudara a construir décadas antes e onde era querida por todos os funcionários que, ao vê-la, abriam sorrisos e a cumprimentavam alegremente.

Ao chegar ao quarto no qual Fernanda dormia, Jocasta adentrou-o respeitosamente e começou a visitar todos que ali estavam, procurando emanar energias restauradoras aos pacientes. Quando finalmente chegou ao leito de sua tutelada, Jocasta impôs suas mãos sobre o corpo da moça e derramou-lhe uma energia colorida, que rapidamente se espalhou. Fernanda acordou subitamente e, vendo aquele ser de luz à sua frente, perguntou:

— Quem é você?

— Uma amiga que veio visitá-la.

Fernanda sentiu-se flutuar com a energia emanada por aquela mulher, e logo uma sensação agradável brotou em seu ser. Queria lembrar-se de onde a conhecia, mas não conseguiu.

— Somos todos um e, ao longo de nossa jornada planetária, nos ajudamos mutuamente de acordo com nossas necessidades. Nunca se esqueça disso! — comentou Jocasta, ao ler os pensamentos da jovem. E, como a moça não lhe respondera, tornou: — Não se esqueça de que somos todos um e que não importa o que doamos aos outros, pois estaremos doando a nós mesmos!

E com essas palavras, Jocasta encostou levemente seus lábios na testa da jovem, que acabou adormecendo rapidamente, e deixou o local, confiando na inteligência divina que não falhava.

Alguns dias se passaram até Fernanda acordar novamente. Mais uma vez, a moça olhou para os lados, mas dessa vez não se importou com os que ali estavam se restabelecendo. Fixou a atenção no criado-mudo e, vendo o copo de água, tomou o líquido em poucos goles.

Fernanda levantou-se da maca e decidiu não esperar mais nada. Ela pensava que estavam tratando-a como uma pessoa qualquer e que não passara anos de sua vida lutando para obter um lugar de destaque na sociedade para acabar internada em um hospital com poucos recursos e em meio a doentes de todos os tipos. E com esses pensamentos, Fernanda reuniu forças e pôs-se a andar, passando pelo corredor no qual algumas pessoas caminhavam em um silêncio respeitoso.

Decidida, ela começou a procurar a sala da diretoria, e pouco depois a enfermeira que a auxiliara da outra vez apareceu à sua frente. Com um sorriso, a mulher recomendou:

— Não deveria estar andando sem acompanhamento. Você passou meses dormindo e ainda precisa recuperar as energias!

Fernanda respirou fundo. Estava decidida a conversar com os superiores daquele hospital e não seria uma enfermeirazinha que a impediria. Olhando a mulher por cima, respondeu com ares de superioridade:

— Poupe-me de seus conselhos desnecessários! Quem sabe do meu estado de saúde sou eu, e acredite que estou ótima! Agora, se quer me ajudar, leve-me à sala do diretor desta espelunca, pois não ficarei nem mais um dia aqui!

— Pode deixar nossa paciente comigo e obrigado pelo carinho e cuidado com que vem tratando Fernanda! — interpelou Élcio com um sorriso, fazendo a jovem retribuir-lhe o gesto e deixá-los a sós.

Fernanda, notando o homem de cabelos brancos à sua frente e seu olhar respeitável, comentou:

— Até que enfim consegui falar com um médico! Quero ter alta deste pardieiro hoje. Quero que liguem para o Vagner e peçam que ele venha me buscar agora!

— Você está cheia de querer para uma pessoa só, não acha, Fernanda? Que tal aprender a ser grata a Deus pelo que tem neste exato momento? Afinal, você está tendo a oportunidade de se restabelecer em uma de suas moradas!

Fernanda cerrou o cenho, pois não estava acostumada a ser contrariada. A moça pensou em retrucar, mas, diante da voz calma, porém enérgica daquele homem, desistiu. Após alguns segundos de silêncio, comentou:

— Desculpe-me pela grosseria. É que tenho um convênio *master plus gold,* o melhor do país, e quero ser tratada como mereço!

— Por acaso alguém a destratou neste hospital? Acha mesmo que está sendo maltratada? Seu convênio aqui não serve, portanto, agradeça por ter sido recebida nesta casa de refazimento. Será melhor para você!

Élcio fitou Fernanda demoradamente. Já não podia mais segurar aquela jovem em suas dependências, uma vez que ela já estava com seu corpo perispiritual refeito e precisaria decidir o que fazer da vida. Ele, então, pegou sutilmente no braço de Fernanda, conduzindo-a para a parte externa do hospital onde havia um belo jardim florido, com bancos que circundavam as flores. Alguns pacientes andavam sempre em companhia de algum enfermeiro, a maioria em palestra animada, e outros, sentados em bancos, observavam a paisagem. Ao ver uma senhora sentada, Élcio conduziu a jovem até a mulher e disse:

— Eduarda, esta é Fernanda. Vocês chegaram a esta casa na mesma época, e acredito que esta é uma ótima oportunidade para se conhecerem!

Educada, Eduarda abriu um sorriso e, após cumprimentar a moça, afastou-se um pouco para que ela pudesse sentar-se a seu lado. Desde que acordou no astral, tomara Élcio por amigo e confidente e já o conhecia o suficiente para saber que aquela apresentação não fora à toa. Vendo-o afastar-se, comentou:

— Élcio é um anjo! Desde que acordei, ele tem sido um verdadeiro amigo!

Fernanda olhou para a mulher que parecia estar muito bem fisicamente e, querendo saber um pouco mais sobre aquele lugar que lhe parecia tão estranho, perguntou:

— Vejo que a senhora está muito bem. Por que ainda não lhe deram alta?

— Estou ótima! Nunca me senti tão bem em todo o tempo que passei na matéria. Sabe... eu vivia com pressão alta, era extremamente dominadora, e é lógico que o corpo reage aos nossos pensamentos nos causando doenças. Ah, se eu soubesse disso antes! Não teria provocado o AVC hemorrágico e ainda estaria entre os meus!

Fernanda olhou de cima a baixo para a mulher e pensou que aquela senhora definitivamente não tinha nenhuma sequela de um AVC hemorrágico. Não era médica, mas conhecia um pouco daquela doença, que provocava o rompimento de uma veia no cérebro e, em casos mais graves, levava o indivíduo a óbito.

— Você está certa! Minha pressão estava tão alta que chegou a estourar uma veia. Foi assim que tive morte encefálica! Quer dizer, meu corpo de carne teve morte encefálica! Ainda estou me acostumando a falar como uma desencarnada!

— Dese... o quê? Você é louca? — questionou Fernanda, fazendo menção de levantar-se.

A senhora lançou a Fernanda um olhar doce, que a fez ficar e esperar a resposta:

— Desencarnada, fora da matéria, sem carne, vivendo em espírito neste lugar abençoado! Eu e você desencarnamos quase na mesma data. Eu de forma mais consciente, uma vez que, pouco antes de meu desenlace, comecei a estudar os valores do espírito. Faltou-me apenas aprender a não ser tão controladora, mas isso ficará para a próxima encarnação, afinal de contas, Deus é benevolente e sempre nos dá novas oportunidades na matéria.

— Desculpe-me, mas acho que a senhora é louca! Olhe para mim! Eu lhe pareço morta? — Fernanda começou a se apalpar, sentindo cada fibra de seu corpo em seu devido lugar e fazendo Eduarda rir prazerosamente do jeito da nova amiga.

Com um sorriso, Eduarda respondeu:

— Você está viva em espírito, usando uma veste um pouco menos densa que a material que aqui chamam de perispírito.

Fernanda balançou a cabeça negativamente, sem acreditar em uma só palavra de Eduarda, e pensava que precisava sair daquele lugar. Antes, no entanto, teria que saber onde estava. Procurando obter mais informações, comentou fingindo acreditar nas loucuras de sua nova colega:

— Bem... se estamos mortas, que lugar é este e onde fica?

— É um hospital que, segundo Élcio, fica próximo à crosta terrestre. Para cá vêm muitos espíritos que doam seus órgãos na matéria, pois aqui são realizados tratamentos específicos para que o perispírito não sofra com a falta do órgão doado! Eu, por exemplo, tive quase todos os meus órgãos doados por meus familiares, uma vez que meu cérebro parou de funcionar e todos os outros órgãos vitais estavam em perfeitas condições para serem transplantados em outras pessoas.

Fernanda arregalou os olhos diante do absurdo que acabara de ouvir, mas instantaneamente baixou o rosto em direção aos seus seios e viu que havia uma marca na região central do tórax. A essa constatação, abriu e fechou a boca dizendo: — Meu Deus, isso é loucura! Não pode ser! Eu nunca doaria meus órgãos, e meus pais sabiam disso!

— Você deve se sentir agraciada por estar neste hospital. Muitas pessoas, ao desencarnarem, não aceitam seu estado e chegam ao ponto de abandonar o tratamento neste lugar e ir ao encontro de seus familiares. Segundo Élcio, muitas também correm atrás dos transplantados querendo seus órgãos vitais de volta, principalmente o coração, pois há quem, equivocadamente, acredite que nele está sua alma. É isso o que quase sempre causa a rejeição do corpo a um órgão. Portanto, se quer um conselho, aceite seu desencarne e mande boas energias para quem recebeu seu coração, para que a pessoa possa viver bem com o novo órgão. Élcio me disse que quase todos que receberam meus órgãos estão vivendo bem, o que para mim é um alegria sem tamanho. Fiquei feliz em saber que deixei o mundo, mas ajudei outras pessoas a continuarem seus caminhos na matéria.

— Desculpe-me, mas a senhora é louca! Não acredito em uma palavra que sai de sua boca! — Fernanda sentiu o sangue ferver. Precisava ligar para Vagner e exigir que ele viesse buscá-la. Com esse pensamento, lembrou-se do noivo e logo uma enorme vontade de estar ao lado dele brotou em seu peito. Em poucos segundos, Fernanda sumiu das vistas de Eduarda, que, atônita, começou a olhar para os lados. Élcio, que acompanhava a conversa das duas a certa distância, aproximou-se da senhora dizendo:

— Fernanda não está preparada para viver entre nós!

— Mas ela foi embora... Você não fez nada para impedi-la?

— Como posso impedir uma pessoa de seguir seu caminho? Se para ela o melhor neste momento é estar ao lado daqueles que deixou na matéria, o que podemos fazer, além de respeitar seu livre-arbítrio? Fizemos o que estava ao nosso alcance. Agora é com a vida, que na hora certa a trará de volta!

Eduarda não respondeu; admirava aquele senhor que sabia o que estava falando. Com uma lágrima nos olhos, fez uma sentida prece e pediu a Deus que protegesse aquela jovem que, com sua forma equivocada de enxergar a vida, ainda poderia passar por grandes dissabores.

Capítulo 5

Vagner andava rapidamente pela estação do metrô. Estava atrasado e, antes mesmo de deixar a estação, já começava a ver a chuva caindo sobre a cidade. Ao olhar para o céu, praguejou. Não aguentava mais aquela vida. Por alguns segundos, lembrou-se de Fernanda e sentiu um ligeiro tremor percorrer seu corpo. Por que ela tinha de morrer naquela maldita noite? Se ela estivesse viva, tudo seria diferente. Provavelmente estariam casados e vivendo no apartamento que haviam comprado na capital do Espírito Santo. Agora, contudo, estava vivendo sozinho naquela cidade que mais parecia uma selva de pedras, cercado de pessoas que ele mal conhecia e que possuíam hábitos muito diferentes das pessoas de sua terra natal.

Vagner não podia ver Fernanda, que aparecera de repente ao seu lado. Observando aquele emaranhado de prédios do centro velho de São Paulo, ela ficara ainda mais atônita.

— Que lugar é esse, Vagner?! — questionou, posicionando-se ao lado do noivo, sem que ele registrasse seus pensamentos, uma vez que corria para chegar logo ao escritório e fugir da chuva.

— Bem-vinda a São Paulo, a cidade onde tudo acontece!

Fernanda levou um susto ao ver um jovem que aparentava ter pouco mais de 20 anos. Ele levava no rosto um sorriso discreto.

— Eu não perguntei nada! Atenha-se à sua insignificância!

— Nossa, como você fala difícil, hein?! Não vou me ater à minha significância, porque você precisará de minha ajuda!

— Vagner, pare de andar e preste atenção em mim! Não está vendo esse imbecil me importunando?!

Fernanda cutucou Vagner, que agora entrava no prédio. Vendo-o completamente alheio à sugestão da moça, o espírito riu prazerosamente antes de comentar:

— Seu noivo não pode ouvi-la. Caso ainda não tenha percebido, estamos mortos, *mademoiselle*!

Fernanda olhou para o rapaz, que fez um gracioso gesto de reverência, e, fingindo não se importar, entrou no elevador, deixando o desconhecido fitando-a.

— Vagner, nós precisamos conversar! Não finja que não estou aqui! Essa brincadeira já foi longe demais! Primeiro, me deixa presa em uma clínica repleta de doidos que acham que estão mortos e, depois, me ignora! Além disso, nem sei como vim parar nesta cidade.

Vagner passou a mão no paletó e ajeitou-se. Fernanda estava tão perto do noivo que ela chegou a sentir o perfume gostoso que ele exalava de seu corpo másculo e viril. Por alguns segundos pensou em agarrá-lo e beijá-lo ali mesmo no elevador, mas a porta foi aberta, e a moça gritou de espanto ao ver o espírito à sua frente, no *hall* social. Divertindo-se com o susto que dera nela, ele comentou:

— Não precisamos mais de meios de transporte para nos locomovermos! Se quiser, eu lhe ensino!

Fernanda parou no meio do corredor e soltou um grito tão estridente que fez o rapaz tapar os ouvidos. Quando finalmente se sentiu exausta, tentou recuperar o fôlego dizendo entredentes:

— Estou para ver alguém tão chato quanto você! Escute aqui, engraçadinho, não sei como chegou primeiro que nós, mas dê o fora!

— Permita-me apresentar-me. Meu nome é Denys, e, embora não pareça, temos muito em comum. Gostaria de ajudá-la, mas, por ora, a deixarei em paz. Caso precise, é só me chamar que apareço num piscar de olhos! — Denys fechou os olhos e sumiu das vistas de Fernanda, deixando-a boquiaberta, porém, aliviada.

Livre para conversar com o noivo, a moça seguiu até o final do corredor, passou pela recepção, onde a jovem atendente fez que não a viu, e entrou de sala em sala até encontrá-lo ajeitando seus pertences na mesa.

— Desculpem o atraso, é que hoje não estou em um bom dia. Parece que tudo está conspirando contra mim!

— Estou sendo ignorada, e tudo está conspirando contra você? Cara de pau! Vagner, você está me irritando com sua mudez.

— Se eu fosse você, procuraria ajuda espiritual. Estou sentindo a presença de energias pesadas à sua volta — comentou Silvana, fazendo os dois rapazes que trabalhavam com ela rirem, e Vagner passar as mãos no rosto para não falar o que estava pensando para a moça, que, a seu ver, só estava querendo ajudá-lo.

Ao escutar as palavras da moça, Fernanda aproximou-se dela. Notando a presença daquela energia atormentada, Silvana fechou os olhos rapidamente e fez uma sentida prece. Pouco depois, uma luz intensa tomou conta de sua aura, jogando Fernanda para longe. Com medo, a moça limitou-se a ficar colada a Vagner que, quanto mais sentia a presença da noiva, mais irritado ficava.

No meio do dia, Vagner recebeu uma ligação de Lara pedindo-lhe que comparecesse à sua sala, o que foi atendido de pronto e aceito com alívio por Fernanda, que, ao sair da sala, se sentiu melhor.

— Posso entrar? — questionou Vagner após dar uma leve batida na porta.

Ao vê-lo, Lara abriu um sorriso e apontou a cadeira para Vagner sentar-se. Os dois, contudo, não podiam ver Fernanda que, ao entrar na sala, sentiu seu coração disparar. Aquela mulher à sua frente mexeu com seu ser. Fernanda teve a impressão de a que a conhecia havia muito tempo e, de repente, uma raiva súbita apossou-se dela ao ver os dois juntos. Sem entender seus sentimentos, ela ficou a observá-los.

— Desculpe tirá-lo de seus afazeres, mas Roberto ligou há pouco. A mãe dele está muito doente, e ele foi para o Espírito Santo às pressas e recomendou que você trabalhasse comigo até o retorno dele.

— O que dona Fabíola tem?

— Ele não sabe ao certo. Ligaram essa madrugada para ele e pediram que fosse logo para lá.

Vagner ficou pensativo. Gostava de dona Fabíola e, quando morava no Espírito Santo, sempre passava na casa da matriarca para tomar um café e saborear doces e bolos, que a senhora fazia com gosto. Por segundos, sentiu-se ainda mais triste. Lara, percebendo o que se passava no íntimo dele, comentou:

— Sei que ficou chateado com essa notícia. Roberto vivia falando que você era como um irmão para ele e comentava as peripécias de vocês quando crianças, mas precisamos manter a mente focada na empresa, Vagner. Ele está contando com sua ajuda para administrar isto aqui!

— Você está certa! — respondeu Vagner fixando-a, fazendo Lara sentir um ligeiro tremor. Desde que retornou ao trabalho, ela começou a nutrir uma paixão platônica por Vagner e agora precisaria lutar com toda a força de sua alma para não demonstrar esse sentimento, uma vez que estariam juntos durante a semana.

Fernanda, sem saber bem como conseguira ler a mente de Lara, começou a sentir um ódio brotar dentro de si. Ela aproximou-se de Lara e, com os dedos em riste, disse:

— Escute aqui, sua sirigaita! Se ousar se aproximar do meu homem, eu mato você! Vagner é meu! Já não basta o que ele aprontou naquela festa com aquela vagabunda, e agora vem você também! Fique longe dele!

Lara sentiu uma leve pontada em seu coração, e Vagner, vendo a moça lívida e com a mão no peito, levantou-se abruptamente dizendo:

— Você me parece pálida! O que está sentindo? Quer que eu pegue água para você?

Lara olhou Vagner com ternura e pela primeira vez percebeu que ele se importava com ela. Tirando a mão do peito, a moça respirou profundamente e disse em seguida:

— Acho que não foi nada, só uma pequena agulhada no coração. Amanhã, terei médico e falarei com ele!

— Pois faça isso. Não sei bem como vive um transplantado, mas imagino que deva ter alguns cuidados necessários com o coração!

— Sim! Além de passar o resto da vida tomando imunossupressores, tenho de ter alguns cuidados com a dieta e a rotina. Meu organismo, contudo, aceitou bem o novo órgão.

Vagner sentiu um nó na garganta e lembrou-se da morte encefálica de Fernanda e dos médicos abordando-o no hospital para falar-lhe sobre a importância da doação de órgãos. Eles explicaram-lhe que, como ela era uma moça saudável, sem vícios, seria uma doadora em potencial para salvar vidas que estavam sendo ceifadas aos poucos. Os médicos chegaram a ressaltar que muitas famílias ficariam felizes ao verem seus pais, filhos e cônjuges com a esperança de saúde após o transplante e com essas palavras convenceram-no a assinar os papéis da doação. Vagner, então, falou com os pais de Fernanda, que, já idosos, cansados e perdidos com a morte brusca de sua filha, concordaram de imediato, e em poucas horas os órgãos foram retirados para a doação.

Ao ler os pensamentos do noivo, Fernanda sentiu sua mente rodar e ela começou a lembrar-se com detalhes do atropelamento, do som da sirene da ambulância que penetrara em seus ouvidos e depois do sono que a acometera até acordar naquele hospital. Com essas lembranças, Fernanda afastou-se e foi sentar-se em uma poltrona nos fundos da sala, pondo-se a chorar.

Vendo o homem à sua frente com os olhos perdidos no espaço, Lara chamou-lhe a atenção:

— Desculpe se falei algo que o incomodou.

Vagner voltou sua mente para Lara e por alguns segundos pensou em contar-lhe sobre sua noiva, mas desistiu, afinal, Fernanda falecera bem na época em que a moça fizera o transplante, e ele não queria colocar ideias estapafúrdias na mente dela. E, abrindo um longo sorriso, respondeu:

— Por alguns momentos, minha mente voltou ao passado. Sou eu quem deve lhe desculpas. Hoje, ainda trabalharei na contabilidade e ajeitarei as coisas por lá. Amanhã, virei direto para cá, isso se Roberto já não estiver de volta. Gosto muito de dona Fabíola e quero vê-la bem e em breve!

Lara balançou a cabeça em sinal positivo, e Vagner saiu em seguida, retornando um pouco mais disposto aos seus afazeres, uma vez que Fernanda ficara chorando no sofá. O espírito da moça estava dilacerado com a confirmação de sua morte e, quando finalmente ela se sentiu um pouco melhor, comentou consigo mesma:

— Preciso me acalmar. Caso eu esteja realmente morta, ainda assim continuo viva e isso significa que a morte não existe. Mas... se a morte não existe e eu estou viva, isso significa também que posso fazer o que bem entender, uma vez que tenho como andar por aí sem ser vista!

— Nossa! Sábia conclusão! Meus parabéns!

Fernanda olhou para frente e viu Denys, que, ao perceber que ela o vira, começou a bater palmas.

— Sua inteligência me surpreendeu! — O jovem riu com escárnio, fazendo Fernanda levantar-se abruptamente. Ela disse entredentes:

— Vá embora daqui e me deixe em paz, seu ridículo!

— Está bem! Mas, se eu for, você perderá a oportunidade de aprender a viver nesta dimensão. Se quiser ficar sozinha e, consequentemente, perdida, por mim tudo bem! — Denys fechou os olhos e fez menção de deixar o lugar.

Após pensar um pouco, Fernanda comentou:

— Não vá, por favor! — e, sentando-se novamente no sofá, sussurrou: — Eu estou tão perdida. Não sei o que fazer da minha vida.

— Da sua vida ou da sua morte? — Denys riu prazerosamente.

Esquecendo-se por um breve momento de seus dramas íntimos, Fernanda soltou uma gargalhada gostosa e disse em seguida:

— Creio que, se estou viva, nem que seja em outra dimensão, logo terei de pensar no que fazer da minha vida após a morte!

Denys mordeu levemente os lábios. Precisava ser rápido se quisesse manter a chama de ódio ardendo no coração daquela mulher. E, fazendo um ar sério, comentou:

— Pois é... a vida é mesmo injusta. Você aqui sem saber o que fazer, enquanto Vagner, que foi o responsável por seu acidente, está aí vivendo tranquilamente. É óbvio que ele está começando a se interessar por essa sonsa da Lara, que, além de receber seu coração, ainda vai ficar com seu noivo! Deus é muito injusto mesmo!

Fernanda sentiu um ódio brotar em seu ser e, querendo entender o que acabara de ouvir daquele seu novo amigo, questionou:

— O que você disse? Essa daí recebeu meu coração?

— Pra você ver! Foi por isso que insisti em falar com você hoje! Essa "zinha" aí e seu noivo estão se dando bem, enquanto você, além de morrer, ainda foi mutilada com a autorização dele. Seu coração é o que está mantendo viva a futura esposa de Vagner! Sim... porque eles estão se entendendo. Percebi isso assim que entrei aqui. Em breve, eles se casarão e terão filhos lindos e saudáveis. É capaz até de, em sua homenagem, eles colocarem seu nome no primeiro bebê!

Fernanda sentiu seu sangue ferver. Aquele desconhecido estava lhe abrindo os olhos e rapidamente um ódio mortal tomou conta de seu espírito. "Por que Deus fez isso? Não é justo" — e com essas indagações um gosto amargo de vingança começou a brotar na boca de Fernanda. Vendo Denys à sua frente, ela comentou:

— Você tem razão! Não deixarei esses dois se darem bem!

— Vou ajudá-la. Juntos, vamos acabar com a graça deles!

O rapaz estendeu a mão a Fernanda, que a apertou com força, selando um pacto que a vida cedo ou tarde lhes cobraria.

***

As horas passaram rapidamente para Vagner, que, depois de voltar para sua sala, expôs a situação para seus subalternos e passou o dia delegando trabalhos extras para a equipe.

Já era fim do expediente, e todos se preparavam para ir embora, quando a recepcionista ligou para o ramal de Vagner. Após falar com a moça, ele despediu-se de seus colegas e ficou esperando a figura masculina que não tardou a aparecer à sua frente.

— Creio que o senhor seja Vagner Oliveira!

— Sim! Em que posso ajudá-lo? Quando a recepcionista interfonou me dizendo que havia um investigador à minha procura, achei que fosse uma brincadeira!

— Meu nome é Guilherme Novaes.

Vagner olhou de cima a baixo para o senhor de cabelos grisalhos e estatura baixa à sua frente e estendeu-lhe a mão para cumprimentá-lo. O investigador retribuiu o gesto enquanto mostrava sua credencial e foi direto ao assunto:

— Não pretendo tomar muito do seu tempo. Eu gostaria de saber em que circunstância o senhor autorizou a doação de órgãos de Fernanda Almeida Sampaio. O que soube é que o senhor era noivo da jovem e foi o responsável por intermediar a doação com os pais da moça.

Vagner remexeu-se na cadeira, pensando que aquele dia começara errado. Passara todo o tempo revivendo a morte de Fernanda, e agora aquele homem aparecia! Se fosse crédulo, acataria o conselho de Silvana e buscaria ajuda espiritual. Tentando não demonstrar seus pensamentos, respondeu:

— Sim, uma vez que os pais de minha falecida noiva são idosos, quem intermediou todo o processo de doação fui eu. Obtive a autorização deles, que foi registrada em cartório, com firma reconhecida e tudo dentro da lei. Por que a pergunta?

— Desculpe, mas por enquanto sou eu quem faz as perguntas, senhor Vagner — interpelou o homem, fazendo algumas anotações em seu caderninho, o que deixou o outro irritado. E prosseguiu: — O senhor é formado em administração de empresas, tem pós-graduação e doutorado... Acho estranho encontrá-lo à frente de um departamento contábil de uma empresa no centro velho da cidade.

— Acredito que o local onde trabalho seja um problema meu, senhor...

— Guilherme! — interrompeu o homem e tornou: — Claro que é um problema seu, senhor Vagner. Não estou aqui para discutir o local onde escolheu trabalhar na cidade de São Paulo, mas me permita proferir o que sei a seu respeito. Se eu estiver errado, por favor, me corrija.

Vagner consentiu com a cabeça e, querendo saber aonde aquele homem queria chegar, ajeitou-se mais uma vez na cadeira. Projetando seus ombros para frente, esperou o investigador revirar algumas páginas de seu caderno e começar a falar:

— Após o diagnóstico de morte encefálica de sua noiva, o senhor autorizou o médico Odair Andrade e sua equipe a retirar todos os órgãos aptos para o transplante, tudo dentro das leis deste país e, em seguida, desiludido com o que havia acontecido, deixou seu emprego, o imóvel que comprara com sua noiva e toda a sua vida em sua cidade natal para vir trabalhar neste escritório, cujo dono é um amigo de infância, que, por coincidência, tem um carinho paternal por uma funcionária que recebeu um coração praticamente no mesmo dia em que retiraram os órgãos de Fernanda. O senhor não acha isso coincidência demais?

Vagner sentiu um nó na garganta. Ele já estava desconfiado da coincidência de datas entre a doação dos órgãos de Fernanda e a data em que Lara recebera o coração, mas será que a vida o teria colocado por acaso de frente à mulher que recebera o órgão de sua noiva? Não, aquilo era fantasioso demais e, querendo uma resposta para aquela indagação, questionou:

— Não sei aonde o senhor quer chegar, mas concordo que se trata de uma grande coincidência. Por acaso o senhor descobriu que Lara recebeu o coração de Fernanda e veio até aqui achando que tenho algo com isso?

— Não diretamente, mesmo porque a investigação está apenas começando e não tenho ainda essa informação. Na verdade, o doutor Odair está sendo investigado por tráfico de órgãos. Posso falar abertamente sobre isso, pois a notícia está sendo amplamente divulgada na imprensa. É só o senhor pesquisar que terá mais informações.

— E o senhor está achando que os órgãos de Fernanda podem ter sido vendidos? — Vagner questionou, após respirar fundo. Sentiu-se enojado só em pensar que havia a possibilidade de ter compactuado com algo tão inescrupuloso.

Percebendo o que se passava no íntimo de seu interrogado, Guilherme respondeu:

— Sempre que tentamos nos aprofundar neste assunto, acabamos dando voltas. Muitas foram as denúncias, mas nada foi comprovado até hoje. É quase uma lenda urbana! Você já ouviu a história de uma pessoa que estava em uma boate, que tomou algo que alguém lhe entregou para beber e que, ao acordar, estava em uma banheira cheia de gelo sem um rim? Essa é uma das mais famosas lendas urbanas do gênero! Senhor Vagner, eu, contudo, sou um investigador e preciso trabalhar com fatos. Sei que essa história é um boato, mas em relação ao tráfico de órgãos já não posso dizer o mesmo! Houve uma denúncia, e estamos apurando a questão em conjunto com a polícia do Espírito Santo e de outros estados brasileiros.

Vagner não respondeu de pronto. Quando o doutor Odair foi lhe falar sobre a doação dos órgãos de Fernanda, sentiu que com aquele gesto, além de ter um pedacinho de Fernanda vivo em cada transplantado, estava realizando um ato de amor a um semelhante. E acreditou ainda que, se a alma de sua noiva estivesse em algum lugar, com toda a certeza ficaria feliz com aquela atitude.

— Sou totalmente contra um ato repugnante como esse, senhor Guilherme. Caso eu me lembre de qualquer atitude suspeita dos médicos, não hesitarei em procurá-lo!

Guilherme fez um sinal afirmativo com a cabeça. Em sua longa trajetória de investigações, conseguia farejar mentiras a distância e estava convicto de que aquele homem estava realmente sendo sincero.

— Espero que o senhor não viaje para fora do país ou mude de cidade sem nos avisar previamente, pois talvez ainda precisemos registrar oficialmente seu depoimento. Caso se lembre de algo, basta ligar para esse número.

Guilherme tirou um cartão do bolso e entregou-o a Vagner, que, após olhar o nome e o número de telefone impressos, colocou o papel no bolso da camisa. Assim que o investigador saiu, suspirou.

Após ler os pensamentos de Vagner, Fernanda voltou-se para Denys e comentou:

— Onde se viu achar que eu ficaria feliz em saber que pedaços do meu corpo estão espalhados por aí?! Até parece que ele não me conhece! Eu jamais autorizaria uma mutilação dessas!

Denys riu prazerosamente. Estava feliz por ter alimentado nela o ódio por Vagner, o que para seus planos era providencial.

***

Guilherme respirou fundo ao deixar o prédio. A rua estava cheia de pessoas, que se dirigiam para a estação do metrô República. A essa constatação, decidiu caminhar. Precisava chegar à Praça da Sé, onde deixara Saulo, seu companheiro de trabalho, que o aguardava em frente à catedral. Minutos depois, quando chegou ao local, encontrou o amigo suando. Saulo tinha estatura baixa, era corpulento, e sua testa suava em bicas. Ao ver Guilherme se aproximar com um sorriso, olhou para o céu, que já começava a escurecer, e comentou em seguida:

— Caramba, Guilherme! Você me deixou aqui plantado a tarde inteira! Já contei e recontei o número de mendigos que passou por mim pedindo dinheiro!

— Não fez mais que seu trabalho! Afinal, foi para isso que o deixei aqui. Mas me diga, alguém estranho, algum suspeito?

— Nada! Cheguei a questionar alguns andarilhos se eles tinham visto algo estranho e nada. Acho que essa pista é furada. E você, algum progresso?

Guilherme pôs-se a contar a conversa que tivera com Vagner e suas impressões. Em seguida, os dois homens sumiram no meio da multidão, sem saber que Denys os seguia, inteirando-se dos últimos acontecimentos.

Capítulo 6

A paisagem escura e fria daquelas paragens umbralinas passou despercebida por Denys, que caminhava lentamente por aquela cidade construída há muitos séculos por espíritos que em sua última encarnação tinham sido escravizados. Muitos, com ódio de seus senhores, se juntaram naquele local para, unidos, matarem a sede de vingança que ficara incrustada em suas almas. Com o passar do tempo, a maioria daqueles espíritos foi mudando sua forma de pensar, deixando o ódio de lado e aceitando a ajuda das esferas elevadas para recomeçarem na matéria; outros, contudo, permaneceram à espera de seus antigos algozes em outros corpos para se vingarem e, como semelhantes atraem semelhantes, outros espíritos com afinidades e desejosos por vingança passaram a habitar aquele local de dor e sofrimento, onde espíritos ignorantes acreditavam que estavam fazendo justiça, permanecendo assim ao longo do tempo. E foi com calma que Denys bateu na porta de entrada de uma singela residência em meio a tantas outras iguais, que formavam uma espécie de conglomerado, lembrando e muito algumas comunidades vistas na matéria.

— Entre! — gritou Benedito, já sabendo de quem se tratava.

Após entrar no local, Denys olhou o senhor de cima a baixo e disse:

— Não sei se já sabe, mas Fernanda está sob meu controle. Consegui acender no coração dela a chama do ódio e agora preciso saber qual será o próximo passo!

Benedito riu prazerosamente e respondeu em seguida:

— Já sabia ou acha que eu o deixaria livre por aí? Não se esqueça de que estou no comando!

— Claro que não. Sou-lhe grato por me ajudar! Se não fosse o senhor, talvez eu não tivesse forças para esperar este momento!

O velho abriu um sorriso amarelo. As histórias daqueles dois homens cruzavam-se e um precisava do outro para conseguir seus intuitos. E a essa constatação, comentou:

— Sabe que não tenho nada a ver com sua vingança. Se estou ajudando-o é porque neste momento preciso que Fernanda faça aquele serviço para mim. Se ela falhar, tenha a certeza de que quem arcará com as consequências será você!

— Sei disso, mas fique tranquilo que está tudo transcorrendo conforme o planejado. Logo, logo Fernanda cuidará de Marcelo!

Benedito ficou por alguns instantes em silêncio. Denys sabia o que tinha que ser feito, e ninguém precisava ficar repetindo o que ele já sabia. Depois de respirar fundo, Benedito ordenou:

— Volte para junto de Fernanda e só não esqueça que ela não pode se lembrar de você, do contrário, nossos planos irão por água abaixo! Entendeu?

— Sim, senhor! — respondeu o jovem deixando o local em seguida, pois detestava ter de se encontrar com Benedito. Desde que Denys desencarnou, fora Benedito quem o recebera e se tornara seu protetor, pois todos que ali viviam só entravam na cidade por meio de outro que ali vivia há mais tempo e com a autorização do chefe daquela cidade, um homem cuja fisionomia lhe causava pânico. E balançando a cabeça instintivamente, afastou aqueles pensamentos de sua mente com medo de que alguém ou o próprio dono do local pudesse ler seus pensamentos.

Foi com alegria que Denys voltou à crosta sentindo-se um pouco livre daquela energia que, sem perceber, carregava incrustada em seu perispírito. Quando viu a cidade de São Paulo toda iluminada com seus arranha-céus imponentes, ele sorriu. Estava de volta e com mais gana de realizar seus intuitos com a ajuda de Fernanda, que, sem saber, se envolvera em uma trama da qual era peça fundamental, pois, afinal, todos somos um!

***

Vagner chegou ao escritório pouco antes de iniciar o expediente. Tivera uma noite de sonhos perturbados e, como mal conseguira dormir, resolveu ir andando até o trabalho e, lá chegando, acomodou-se confortavelmente na sala de Roberto. Na noite anterior, recebera uma ligação do amigo e chefe dizendo que dona Fabíola fora internada e que ele precisaria passar alguns dias fora. Roberto pediu a Vagner que o substituísse na empresa e deu-lhe carta branca para administrá-la enquanto ele estivesse às voltas com o restabelecimento de sua genitora.

Quando Lara chegou ao escritório, encontrou Vagner olhando alguns documentos no computador e, com um sorriso, comentou:

— Vejo que está empenhado em sua nova função, pois caiu da cama e veio para o escritório!

— Nem tanto! — comentou Vagner passando as mãos no rosto e, em seguida, esticando-as entrelaçadas para relaxar seus braços.

Percebendo que ele não estava com disposição para conversar, Lara sentou-se em sua cadeira para mais um dia de trabalho. Minutos depois, a copeira entrou no local para deixar a garrafa com café. Os dois, depois de cumprimentarem cordialmente a senhora, agradeceram-lhe. Vagner serviu-se de uma xícara do líquido fumegante e, voltando-se para a colega de trabalho, comentou:

— Não sei se você se importa em falar sobre o assunto, mas ontem assisti a uma reportagem sobre tráfico de órgãos e não tive como não pensar em você.

Lara espantou-se com o comentário de Vagner e, após se servir de café, respondeu:

— Não me importo de me perguntarem algo sobre o assunto, pois as pessoas têm curiosidade e fazem todo o tipo de pergunta. No entanto, não entendi por que a associação, uma vez que meu transplante foi feito de forma limpa e transparente pelo INCOR.

Vagner mordeu os lábios. Desde a visita que recebera no dia anterior, não conseguira pensar em outra coisa. Precisava saber se Lara fizera o transplante por meios legais e o principal: se a vida o fizera ficar frente a frente com a receptora do coração de Fernanda. E, procurando não levantar suspeitas sobre o que se passava em sua mente, respondeu:

— Desculpe, talvez eu tenha me expressado mal. Lembrei-me de você por ser transplantada. É que o assunto é muito novo para mim, e ontem fiquei sabendo que existe tráfico de órgãos no país e no mundo. Achei tudo aquilo absurdo. Sabia que tem pessoas que vendem rim, fígado, córnea humanas para o mercado clandestino e que esse comércio horripilante lucra bilhões por ano?

— Sim... passei meses na fila por um transplante e ouvi coisas a respeito. Achei desumana a forma como esse mercado age na obscuridade em parceria com clínicas particulares e hospitais públicos, e acredite: muitas pessoas se recusam a se declararem doadores de órgãos com medo de terem a morte antecipada ou até mesmo serem assassinadas para alimentar esse comércio.

— Desculpe a pergunta, mas você chegou a receber alguma oferta do gênero enquanto estava hospitalizada? Afinal, essa quadrilha deve ir atrás de pessoas que necessitam do transplante para oferecerem seus serviços.

— Eu? Acha que eu teria cacife para comprar um coração? E depois, eu nunca faria isso. No mais, não se tem provas desse comércio de forma direta e, até onde sei, isso acontece mais com os rins e de forma voluntária, não só aqui, mas no mundo inteiro.

Lara calou-se a uma leve batida na porta. Era Silvana. Ela precisava da assinatura de Vagner em um documento e, após pedir licença, entrou na sala. Ao ver a amiga, Lara abriu um sorriso dizendo:

— Chegou em boa hora! Estávamos conversando sobre transplantes ilegais de órgãos. Vagner ficou muito impressionado com uma reportagem a que assistiu sobre o assunto! — Lara calou-se por um instante. Apreciava a amiga e suas opiniões pela óptica da espiritualidade e, após trocar olhares significativos com o amigo, prosseguiu: — Gostaríamos de saber sua opinião sobre o assunto.

Silvana sentou-se, e Vagner ofereceu-lhe uma xícara de café, que ela aceitou sem cerimônia. Em seguida, ela respondeu:

— Estamos entrando em um campo vasto. Sou a favor da vida e da doação de órgãos desde que o doador, em posse de suas faculdades mentais, esteja completamente desprendido dos laços que o unem à matéria. Digo isso porque, em alguns casos mais extremos, pode haver dor e sofrimento naquele que deixou o invólucro carnal, uma vez que, por apego excessivo aos laços que unem seu corpo etéreo ao físico, pode sentir a falta de seus órgãos vitais.

Vagner sacudiu a cabeça de forma negativa; precisava tirar suas dúvidas, e Silvana não o estava ajudando. Irritado com a resposta da colega de trabalho, ele comentou:

— Na verdade, estávamos discutindo a doação ilegal de órgãos; falávamos sobre o plano material. Desculpe, mas não sei o que sua visão sobre a espiritualidade pode auxiliar nesta conversa.

Silvana respirou profundamente. Vagner era cético e, desde que o conheceu, ele deixara claro que não gostava daqueles assuntos. No entanto, como ela chegara à sala naquele momento, e Lara perguntara sua opinião, Silvana decidiu não se fazer de rogada e, após tomar um gole do café, que já começava a esfriar, respondeu:

— E o que é o material senão fruto de nossa mente psíquica? Somos nós os responsáveis por criar a matéria, justamente por estarmos em um corpo denso, material, e obviamente perfeito para o planeta que habitamos. Estou, no entanto, falando da vida, me referindo à vida fora da matéria e da necessidade de analisarmos o assunto sob a óptica da espiritualidade. Somos espíritos encarnados, ou seja, na carne — Silvana fez uma pausa ao notar que os dois estavam prestando atenção e procurando compreender aonde ela queria chegar e prosseguiu em seguida:

— Quando falamos em transplantes, falamos em salvar vidas que estão se esvaindo pouco a pouco, em luz para quem já acredita estar no fim do túnel. Lara sabe bem do que estou falando. Nós acompanhamos de perto sua luta pela vida e vibramos quando ela foi chamada para realizar o transplante.

— Certo! Eu até compreendo aonde você quer chegar, mas tudo isso não é muito controverso? Que Deus é esse que, para salvar a vida de um, mata o outro? Não consigo colocar Deus ou a tal espiritualidade a que você tanto se refere neste contexto todo.

Silvana trocou olhares significativos com Lara. Vagner estava mostrando-se aberto ao aprendizado, o que para ela era um bom sinal. Após tomar mais um gole do café, que já estava frio, ela respondeu:

— Deus e a espiritualidade não têm nada a ver com isso. Somos nós que, por meio de nosso livre-arbítrio, ou seja, de nossos pensamentos e atos, atraímos as experiências necessárias à nossa evolução espiritual.

— Tudo bem, já entendi toda essa parte, mas tenho só uma última pergunta. Estávamos falando de transplante ilegal quando você chegou e gostaria de insistir nesse assunto. Suponhamos que um ente querido seu morra ou, como você queira, desencarne. É claro que estou me referindo a potenciais doadores com morte cerebral. Nesse caso, você autoriza a doação, contudo, não sabe se, com seu ato, está realmente ajudando alguém que está na fila de forma legal ou se está alimentando o mercado negro.

— Que mercado negro? Muito se fala a respeito disso, mas até hoje nada foi comprovado. E depois, se seu motivo para se tornar um doador ou autorizar a doação de órgãos for altruísta, para quê se preocupar com isso? Basta saber que a vida sempre age para o bem maior e que você fez sua parte. Tudo o que você for doar em sua vida o faça por amor e com amor, desde uma moeda para um pedinte até seu coração. Foi com amor que Deus nos criou, e é com esse mesmo sentimento puro que devemos viver e doar ao próximo, afinal, todos somos um só no amor divino! — Silvana abriu um sorriso.

Vagner ficou pensativo, e Silvana sabia que a semente que acabara de plantar iria germinar um dia. E, para manter suas palavras ainda vivas na mente dos dois, ela pediu-lhes licença e deixou a sala para alívio de Denys e Fernanda, que escutavam a conversa encolhidos em um canto da sala com medo da luz que a moça emanava.

Vendo a amiga sair da sala, Lara suspirou dizendo:

— Gosto de ouvir Silvana falar sobre espiritualidade, me sinto muito bem. Parece que a energia do ambiente fica mais limpa quando ela começa a falar sobre o assunto, mas se você não gosta disso, da próxima vez prometo não entrar mais nesse tipo de questionamento.

— Não é que eu não goste; eu simplesmente não acredito nessas histórias de espíritos. Para mim, quando alguém morre, acaba!

Lara riu da forma como ele se expressou, fazendo um ar de deboche. E sem mais delongas, voltou sua atenção ao monitor, o que foi recebido com alívio por Vagner, que pôde dar livre curso aos seus pensamentos sem perceber que Fernanda se aproximara dizendo em seu ouvido:

— É uma pena que não acredite em vida após a morte, meu amor, pois logo ficará tão perturbado que virá para o lado de cá, onde seremos felizes para sempre! — Fernanda riu prazerosamente. Ela acreditava que Vagner era seu e que ninguém o tiraria dela. — A sonsa da Lara já ficou com meu coração, mas não admitirei que fique com meu noivo.

Fernanda já ia sentar-se novamente, quando um pensamento a acometeu. Denys, notando o semblante fechado da companheira e lendo seu pensamento, comentou:

— Isso não vem ao caso! Concentre-se em sua obrigação, que é deixar Vagner à beira da loucura!

— Desculpe, Denys, mas agora estou ligando os fatos. Ontem, o investigador veio aqui atrás de Vagner, pois suspeitam que ele tenha facilitado a doação dos meus órgãos e até lucrado com isso, o que sabemos não ser verdade. Contudo, se meus órgãos foram doados ilegalmente, é sinal de que provavelmente eu tenha sido assassinada pelos médicos? Meu Deus, será que foi isso o que aconteceu? Eu fui assassinada?

Denys não respondeu, pois precisava consultar Benedito primeiro se poderia ou não contar a verdade a ela para não prejudicar os planos dele. Com esses pensamentos, ele limitou-se a olhá-la sem nada dizer.

Capítulo 7

Vagner entrou pensativo em seu apartamento. Precisava descobrir a verdade, pois a dúvida sobre a morte de Fernanda não lhe saía da mente. Por segundos, ele parecia escutá-la ofendendo-o e chamando-o de assassino.

— Chega, Fernanda! Você já conseguiu seu intuito. Agora, deixe-o pensar nas circunstâncias que a levaram à morte física! — ordenou Denys, ao ver sua companheira de infortúnio gritando colérica no ouvido de Vagner.

— Chega nada! Vou infernizar a vida dele! Ninguém mandou esse idiota doar meus órgãos, afinal, eu nunca havia falado desse assunto com ele. Ele não tinha esse direito!

— Deixe de ser teimosa e burra! Você já plantou a ideia na mente dele. Ficar perturbando Vagner só vai atrapalhar os pensamentos dele, e nós precisamos dele com a mente ativa. E isso é uma ordem!

Fernanda calou-se. Conhecia Denys havia pouco tempo, mas algo nele a incomodava e a fazia temê-lo. Sem dizer mais nada, a moça continuou acompanhando o noivo, que seguiu para o banheiro. Após tirar a roupa, Vagner entrou no boxe e ligou o chuveiro. Por alguns segundos, Fernanda ficou observando aquele corpo moreno bem delineado, cujas curvas ela conhecia profundamente, e logo se lembrou dos momentos de prazer que tivera com ele, do seu cheiro gostoso, dos seus braços másculos enlaçando-a e fazendo-a sentir um prazer indescritível, que ela nunca experimentara com outros homens.

A energia tornou-se tão intensa que Vagner se lembrou dos momentos em que fazia amor com Fernanda. Ela, percebendo que o noivo ainda pensava nela, se aproximou e o beijou com ardor. Vagner registrou aquilo como uma doce lembrança e, sentindo toda a sua virilidade aflorar, deixou-se envolver por aquela energia de prazer, dando asas ao que para ele era imaginação e ficou assim por minutos. Vagner, por fim, acabou saciando suas necessidades íntimas, sem saber que, ligada a ele, sua noiva fazia o mesmo.

Quando Fernanda voltou à sala, estava sorridente. Ao vê-la com um sorriso estampado no rosto, Denys comentou:

— Vejo que como novata você se saiu muito bem! Há espíritos que levam anos para aprenderem a usar os fluidos do sexo com os encarnados.

— Eu e Vagner sempre fomos intensos. Sabe como é... coisa de pele. Além disso, Vagner é meu e não fiz nada que ele também não quisesse!

Denys não respondeu; preferiu ficar analisando a postura de Vagner, que, de toalha enrolada na cintura, foi até a cozinha, preparou um sanduíche e pôs-se a comer. Logo a mente de Vagner voltou aos fatos e, ao ter uma pequena lembrança, pulou da cadeira e disse:

— Meu Deus! Por que não me lembrei desse detalhe antes? Carlos, primo de Roberto, é médico especializado em cardiologia! Mas é claro! Roberto deve ter falado com o primo e, por baixo dos panos e por uma boa quantia em dinheiro, deve ter encomendado um coração para Lara. Sendo ele de Vila Velha, deve ter sido fácil arrumar um esquema com os médicos de lá! Deus, como fui idiota!

— Do que ele está falando, Denys?

— Vagner é astuto e acabou ligando alguns fatos. Esse era meu intuito! Agora, é só aguardar! — Denys sorriu maliciosamente, e Fernanda não notou um brilho indefinido em seus olhos.

***

Vagner olhou à sua volta. O lugar em que estava era sombrio e frio. Ao seu redor, uma névoa escura e de odor fétido envolvia suas narinas. Ele queria fugir daquele lugar, mas uma força maior o prendia àquela terra árida e sem vida. Pouco depois, a silhueta de uma mulher foi lentamente ao seu encontro, arrastando seu vestido verde pelo chão, enquanto os cabelos dela eram desgrenhados pelo vento. Aquela mulher foi aproximando-se, e logo ele pôde ver quem era pessoa. Tentando forçar sua garganta para que saísse um som, conseguiu balbuciar:

— Fernanda, é você? Mas como?

Fernanda abriu um sorriso. Era a primeira vez que conseguia ficar frente a frente com Vagner, que fora levado por Denys para as zonas umbralinas assim que adormeceu pesadamente.

— Eu não morri, Vagner. Foram vocês que me mataram, veja!

Vagner começou a se debater, tentando fugir daquele lugar. Ao pronunciar aquelas palavras, Fernanda aproximou-se ainda mais. Em seu peito havia um buraco que sangrava, o que o fez dar um grito de desespero e voltar de forma abrupta ao corpo, que suava frio.

— Você foi perfeita, Fernanda! — comentou Denys, rindo ao ver Vagner desaparecer de sua frente em um piscar de olhos.

— Não sei não... Acho que pegamos pesado demais. Não precisava me fazer sangrar para ele ver. Vagner é medroso e deve estar com a calça molhada!

Denys não respondeu, enlaçou Fernanda, e juntos voltaram ao quarto de Vagner, que acabara de se levantar. Ele foi à cozinha, tomou um copo de água, o que o fez se sentir melhor. Vagner pensou em voltar para cama, mas já amanhecia. Ele, então, decidiu tomar um banho, o que o deixou um pouco mais tranquilo e desperto, e arrumou-se em seguida.

Com uma ideia fixa na cabeça, Vagner saiu de casa, andou algumas quadras até a padaria mais próxima, pediu um café com leite e um pão com manteiga na chapa e, alheio ao falatório ao redor, tomou seu desjejum, foi ao caixa, pagou a conta e saiu. Ao ver um ponto de táxi, parou o primeiro veículo que apareceu e deu um endereço ao motorista, que o conduziu até a Avenida Brigadeiro Luís Antônio. Já eram quase nove horas quando Vagner chegou a um prédio comercial. Ele entrou no elevador, que o conduziu ao 12º andar, e, após percorrer um extenso corredor, parou em frente a uma porta na qual uma placa de bronze indicava ser ali o consultório médico de Carlos. Sem bater, Vagner entrou no local. Na recepção, uma jovem senhora de aparência distinta mexia em seu computador. Tentando sorrir, ele chamou a atenção da mulher dizendo:

— Bom dia, sou Vagner Oliveira e estou precisando com urgência de uma consulta com o doutor Carlos.

A senhora mediu-o de cima a baixo. Vagner estava elegante e era o tipo de paciente que frequentava aquele consultório. Embora nunca o tivesse visto antes, decidiu ser simpática ao responder:

— Lamento, meu querido, mas se não marcou hora será impossível passar com ele. Doutor Frederico, que é seu assistente, no entanto, tem horário. Se quiser, consigo marcar uma hora com ele hoje.

Vagner passou a mão no peito no intuito de mostrar que estava sentindo dor e, com o tom de voz de quem estava sofrendo, respondeu:

— Sou amigo de Roberto. Trabalho na empresa dele e gostaria de passar com o doutor Carlos. Sabe como é... foi ele quem recomendou o primo como o médico da família.

A senhora mordeu os lábios, lembrando-se da última vez em que Roberto fora àquele consultório e da forma como saíra de lá. Ela sentiu um frio percorrer-lhe a espinha, o que não passou despercebido por Vagner. Procurando encontrar as palavras certas, respondeu:

— Doutor Carlos chegou há poucos minutos. Comunicarei que o senhor está aqui e perguntarei se ele pode atendê-lo... — E, sem mais delongas, fez um sinal para que Vagner aguardasse sentado e deixou o local.

Pouco tempo depois, a recepcionista retornou à sala:

— Pode entrar! Falei para o doutor Carlos que o senhor veio em nome de Roberto. Ele abrirá uma exceção.

Vagner abriu um sorriso e entrou na sala do médico, que estava sentado separando algumas caixas de remédio dispostas sobre a mesa. Ao ver o médico, Vagner abriu um sorriso cordial e estendeu-lhe a mão dizendo:

— Doutor Carlos, é um prazer. Sou Vagner Oliveira!

Carlos retribuiu o cumprimento e apontou a cadeira, convidando-o a sentar-se à sua frente. E em seguida comentou:

— Então, quer dizer que meu primo me indicou! Até onde sei ele estava na terra dele cuidando de minha tia.

— Sim, está! Sou eu quem está cuidando do escritório na ausência de Roberto. Na verdade, ele não o indicou. Eu lembrei que vocês eram primos e, após pesquisar seu nome na lista, achei o endereço de seu consultório. Sabe, cheguei há poucos meses do Espírito Santo e gostaria de passar com um médico que fosse recomendado por amigos.

Carlos mediu-o de cima a baixo. Algo em Vagner o incomodou, mas o médico acreditou que isso se devia ao fato de ele ser amigo do primo. Tentando ocultar o que se passava em sua mente, sorriu tentando ser simpático e comentou:

— Sendo assim, será um prazer atendê-lo. Agora me diga... o que está sentindo?

Vagner pensou em mentir, mas descreveu o que vinha se passando com ele. Começou a falar que não dormia bem havia dias e que nem estava conseguindo se alimentar direito devido à dor que sentia no estômago. Falou também das dores de cabeça que vinha sentindo e apenas omitiu o fato de estar escutando a voz de sua noiva dia e noite. Por fim, contou ao médico que tivera um pesadelo na noite anterior e só inventou uma dor aguda no peito, o que foi definitivo para que o doutor iniciasse o exame.

— No momento, seu batimento cardíaco está normal. Acredito que seu problema seja estresse, pois você chegou a esta cidade há pouco tempo. É bem provável que esteja sentindo a estafa que é viver num grande centro como São Paulo, mas vou lhe encaminhar para fazer um hemograma completo e um eletrocardiograma. Faça os exames e marque o retorno com minha secretária.

Carlos abriu um sorriso e apertou a mão do paciente, indicando-lhe que a consulta estava encerrada. Vagner até pensou em entrar no assunto do transplante, mas decidiu deixar a conversa para a ocasião do retorno, afinal, não poderia ir com muita sede ao pote. Além disso, o primeiro contato fora bastante proveitoso. Ao sair, foi ter com a secretária.

— Muito obrigado pela ajuda, senhora. Quanto foi a consulta? — questionou Vagner, já abrindo a carteira e tirando dela o talão de cheques.

A mulher respondeu prontamente:

— Doutor Carlos pediu-me para não lhe cobrar a consulta — e, estendendo a mão para entregar as guias a Vagner, olhou rapidamente os papéis e disse:

— Anotarei o telefone da clínica onde o senhor deverá fazer os exames e marcarei o retorno para o dia 26, ou seja, daqui a quinze dias, às nove horas da manhã. Pode ser?

— Pode sim, obrigado.

A senhora anotou o telefone e o endereço e entregou um papel a Vagner, dizendo:

— Esta clínica fica aqui mesmo, quase na Avenida Paulista. O laboratório é de confiança do doutor Carlos, por isso, sugerimos que os exames sejam feitos lá!

Vagner consentiu com a cabeça e saiu. Na rua, olhou à sua volta e conferiu as horas em seu relógio de pulso. Decidiu ir à clínica no dia seguinte, sem que passasse por sua cabeça a necessidade de fazer um agendamento prévio.

O trânsito estava caótico e, como não estava muito longe do escritório, decidiu descer a avenida andando, enquanto pensava em quais seriam os próximos passos da investigação. Mal sabia ele que estava sendo influenciado por Denys.

***

Lara discutia com Silvana alguns assuntos ligados à contabilidade, quando Vagner entrou na sala com cara de poucos amigos. As duas trocaram olhares significativos, enquanto ele colocava sua pasta sobre a mesa e dizia:

— Bom dia! Estou atrasado, mas precisei passar em uma consulta médica antes de vir para cá.

As duas responderam ao mesmo tempo ao cumprimento, e foi Lara quem decidiu questionar:

— Está com algum problema de saúde?

— Nada de mais. Só alguns exames de rotina.

Silvana fixou os olhos de Vagner. Estava claro que ele mentia. Pouco depois, ela sentiu uma força invadir seu ser e deduziu que se tratava de algum espírito esclarecido que queria comunicar-se por meio dela. Silvana fechou os olhos e, concentrando-se, falou:

— Os melhores exames que alguém pode fazer são os de consciência. Por que não ouve mais a voz que vem de dentro de sua alma, em vez de ficar dando ouvidos aos espíritos ignorantes, que só querem atrapalhar sua evolução?

Vagner ficou apreensivo. Como Silvana sabia que ultimamente ele estava escutando vozes? Não gostava daqueles repentes da colega, mas decidiu questioná-la.

— O que está dizendo? Não entendi!

— Entendeu sim! Estou me referindo às vozes que você tem escutado e às quais está dando atenção. São vozes que vêm de espíritos atormentados e ainda ignorantes. Vagner, se continuar atendendo às suas ideias e sugestões, eles poderão levá-lo à loucura. Nada é o que parece ser, e se você insistir em dar vazão à sua consciência equivocada e a esses espíritos, que o estão obsidiando, aprenderá isso da forma mais penosa. — Silvana suspirou profundamente.

Lara, sabendo o que se passava com a amiga, limitou-se a baixar a cabeça, uma vez que aquele recado fora diretamente endereçado a Vagner. Ele, por sua vez, sem notar a leve mudança no semblante da colega, questionou:

— Como sabe que eu estou ouvindo vozes?

— Eu não sei de nada! — respondeu Silvana, agora dona de sua mente e segura de si.

— Como não? Você acabou de me dizer isso!

— Não fui eu, e sim um espírito amigo que quis se manifestar por meu intermédio. E acredite que, quando isso acontece, é sinal de que a espiritualidade sabe que a pessoa já está madura para ouvir os apelos dos amigos espirituais — e com essas palavras a moça deixou a sala. Não estava com disposição para o embate que Vagner, com toda a certeza, travaria com ela, afinal, a vida lhe usara para passar um recado e pronto. Desde muito jovem, Silvana aprendeu que cada um é dono do próprio destino e que a ela cabia somente dar as orientações dos espíritos, deixando que as pessoas se entendessem com seu livre-arbítrio, fazendo com os conselhos recebidos o que achasse conveniente.

Quando se viu sozinho com Lara, Vagner balançou a cabeça negativamente e disse:

— Tem horas que até acredito em Silvana, mas é tão difícil aceitar que haja vida após a morte. É surreal!

— Eu o entendo e também tenho minhas reticências, mas, depois de tudo o que passei, comecei a compreender um pouco mais da vida e dos desígnios divinos. Talvez, esse seja o seu momento de começar a aprender os verdadeiros valores do espírito. Digo isso, porque sei que, quando chega a hora, ninguém foge da vida!

— Pode ser! — respondeu Vagner sentando-se em sua cadeira e, decidido a se concentrar no trabalho, não tocou mais no assunto.

***

No dia seguinte, Vagner chegou à clínica no primeiro horário, achando que assim não haveria muita gente por lá para ser atendida. O local, contudo, estava cheio e, após esperar que sua senha fosse chamada, foi atendido pela recepcionista. Quando pegou as guias da mão de Vagner, a moça comentou:

— Vou encaminhá-lo para fazer o eletrocardiograma. Quanto ao exame de sangue, o senhor terá de marcá-lo para amanhã, uma vez que terá de fazer um jejum de doze horas.

Vagner balançou a cabeça positivamente. A recepcionista anotou os dados e indicou-lhe a sala para onde ele deveria se dirigir.

O local estava em silêncio, e só havia duas pessoas sentadas à espera do atendimento. Vagner acomodou-se para aguardar sua vez e deu livre curso aos seus pensamentos, que o levaram à conversa que tivera com Silvana no dia anterior e em que ela deixara claro que ele não deveria seguir as vozes que estava ouvindo, ou seja, que deveria esquecer aquela história de tráfico de órgãos. Estava tão distraído que não notou a pessoa que se sentara ao seu lado e que, aproximando-se lentamente, falou em seu ouvido:

— Você é muito novo para fazer exame do coração, não acha?

Vagner tomou um susto ao notar Guilherme, o investigador. Não imaginava que poderia encontrar aquele homem em uma clínica e, tentando não demonstrar seu nervosismo com aquele encontro inesperado, respondeu:

— Acho, mas sabe como é a vida corrida que nós estamos levando. Se não pararmos para ver como anda o coração...

— Sei como é... Por acaso, o senhor conhece os donos desta clínica?

— Isso é uma pergunta informal ou um interrogatório, investigador?

Guilherme abriu um sorriso jocoso e respondeu:

— Por enquanto, uma simples pergunta, que, obviamente, você responde se quiser!

— Não... não conheço os donos desta clínica. Estou passando por alguns problemas de estresse, e meu médico me indicou este local para fazer os exames de rotina. Mais alguma pergunta?

— Por acaso, seu médico é o doutor Carlos, primo de seu amigo e chefe Roberto?

— Sim! Alguma objeção?

Guilherme mediu-o de cima a baixo. Seu faro de investigador dizia-lhe que Vagner estava ali justamente com o mesmo intuito que ele. Decidindo jogar uma carta na mesa, respondeu:

— Todas, meu caro amigo! Saiba que, se minha intuição estiver certa, você está andando por terrenos perigosos. É melhor voltar para seu escritório e esquecer este lugar!

Vagner meneou a cabeça e já ia responder ao investigador, quando um jovem o chamou para fazer o exame. Olhando fixamente para Vagner, Guilherme ainda comentou em tom quase inaudível:

— Você nunca me viu antes. Não se esqueça disso!

Vagner deixou o local sem olhar para trás. Quando, tempos depois, finalmente saiu da sala de exame, não viu mais a figura do investigador. Decidido a ter uma conversa com Guilherme, deixou a clínica com a certeza de que estava seguindo as pistas certas.

Capítulo 8

Vagner chegou em casa apressado, tirou a roupa na pequena sala e jogou as peças sobre a mobília. Ao vê-lo afoito, Fernanda voltou-se para Denys, que acabara de chegar, e questionou:

— O que foi que deu nele?

— Vai sair para conversar com o investigador. Consegui promover o encontro dos dois hoje pela manhã!

Fernanda mordeu os lábios. Ultimamente, Denys não a deixava acompanhar Vagner, pois ficara com medo das energias emanadas por Silvana, que, percebendo a presença deles no ambiente de trabalho, vivia fazendo preces e mentalizações pedindo à providência divina que afastasse aquelas energias. Denys, sabendo o que se passava pela cabeça da amiga, tornou:

— Vamos acompanhá-los, portanto, prepare-se para passear pela cidade de São Paulo.

A jovem abriu um sorriso. Só conhecera São Paulo havia poucos dias e lamentava não ter visitado em vida a capital que tanto atraía pessoas do mundo inteiro. Ia comentar algo, quando uma forte luz se aproximou dos dois e se materializou em uma belíssima mulher de meia-idade, que, olhando com bondade para os dois, comentou:

— Vejo que estão empenhados em deixar Vagner louco, estou certa?

Denys trocou olhares com Fernanda, que, ao ver aquele espírito reluzente à sua frente, sentiu uma forte energia que vinha de seu coração. Por segundos, teve a certeza de que conhecia aquela mulher, que, sabendo o que se passava no íntimo da outra, se aproximou dizendo com amabilidade:

— Vagner doou seu coração na matéria, mas veja: ele ainda bate no seu peito! O que seu noivo fez foi pensando em ajudar os que na Terra sofrem à espera de um transplante. Não foi ele quem escolheu as pessoas para quem doar seus órgãos, e sim a vida, que é sábia e tratou de fazer o que tinha de ser feito!

— E o que tinha de ser feito? Doar !meu coração para um grupo de traficantes de órgãos? Por acaso, acha isso certo? E, depois, ele ainda está se relacionando com a mulher que ficou com meu coração! Acha certo que ele viva feliz com a outra à custa de minha morte?

— Isso é você quem está dizendo de acordo com suas conclusões! Quem lhe garante que sua forma de enxergar os fatos está correta? E, caso esteja, quem lhe deu o direito de fazer justiça com as próprias mãos? Por que não deixa seu ex-noivo em paz? Se você desencarnou de forma abrupta e inesperada, tenha certeza de que a vida tem uma resposta para você. Quando tirar o ódio e o desejo de vingança de seu coração, verá que está tudo certo!

— Coração? Que coração? Nem sei se o que sinto bater em meu peito é um coração, afinal, me tiraram o meu!

— Tiraram o órgão físico, contudo, a sabedoria divina a levou para um hospital de refazimento especializado para restaurar seu perispírito dos poucos danos causados pela doação de órgãos. Logo, você não perdeu nada. Com essa atitude de Vagner, você simplesmente teve a oportunidade de reparar erros do passado, ficando quite com sua consciência.

Denys empalideceu. Aquela mulher sabia tudo sobre Fernanda e, se continuasse falando, em breve a convenceria e a tiraria dali. Mesmo sentindo medo da força emanada por ela, ele aproximou-se dizendo:

— Não sei quem é a senhora, mas fique sabendo que não a queremos aqui. Portanto, se é verdade que os cordeiros respeitam a vontade de todos, vá embora e nos deixe em paz!

O espírito fitou-o com bondade. Sabia qual era a intenção deles, mas nada que falasse mudaria aquela situação. Com um sorriso, ela, por fim, respondeu:

— Não vim aqui para induzi-los a nada e sim para alertá-los de que estão agindo de forma equivocada. Saibam que, cedo ou tarde, a vida se encarregará de mostrar-lhes que estão errados. Portanto, só desejo que pensem em suas atitudes e percebam o mal que estão fazendo a Vagner, que, com a pressão de vocês, está entrando em desequilíbrio mental! — ao dizer essas palavras, Jocasta fechou os olhos e sumiu rapidamente das vistas deles.

Ao ver a mulher sumir, Fernanda correu para abraçar Denys e disse:

— Que bom que está aqui comigo! Confesso-lhe que, por pouco, não caí na lábia daquela mulher!

— Não se preocupe, está tudo bem! Ela não voltará tão cedo. Agora vamos!

Vagner estava de saída, e eles acompanharam-no até um barzinho discreto na Avenida Rio Branco, onde Guilherme o esperava tomando uma Coca-Cola. Ao vê-lo, o investigador comentou após os cumprimentos:

— Desculpe por fazê-lo vir até este lugar, mas não podemos ser vistos em público. Por isso que, quando me ligou, pensei em marcarmos em um lugar neutro.

— Fez bem. Não sei onde estou me metendo e, quanto mais discreto for o lugar, será melhor para nós dois.

Vagner ergueu a mão, chamou o garçom e pediu-lhe uma dose dupla de vodca pura, fazendo o investigador comentar em tom de zombaria:

— Vá com calma na bebida, pois preciso que esteja sóbrio.

— Não se preocupe, não tenho o hábito de beber, mas, ultimamente, minha cabeça anda perturbada. Às vezes, penso até em me matar... Acho que só assim terei paz em minha mente!

— Ou mais perturbações ainda, afinal, quem nos garante que a vida termine com a morte do corpo?

Vagner deu uma gargalhada. Guilherme não entendeu o motivo e fitou-o profundamente.

— Desculpe, mas parece que vi Silvana, uma colega de trabalho, falando. Ela é espiritualista e vive com essas ideias de espíritos. O senhor acredita nisso também?

— Eu acredito na força da vida. Saiba que, em minha profissão, já vi e ouvi de tudo, então, não duvido mais de nada. Eu simplesmente respeito as pessoas que têm esse ponto de vista, afinal, quem somos nós para dizer o que é certo ou errado neste mundo?

— Você tem razão, mas não foi para conversar sobre isso que lhe telefonei pedindo para marcar este encontro. — Vagner pegou o copo que o balconista acabara de lhe entregar e avistou uma discreta mesa vazia no fundo do salão. Ele, então, fez um sinal para o outro, que se levantou com sua garrafa de refrigerante e o seguiu até a mesa.

Após tomar uma boa golada do líquido, que desceu rasgando sua garganta, Vagner comentou:

— Tudo começou em uma festa de noivado de um casal de amigos, lá no Espírito Santo. Fernanda e eu estávamos noivos e nos casaríamos antes de nossos amigos; seríamos padrinhos deles. Na festa havia muitos convidados de ambas as partes. Fernanda estava linda; usava um vestido verde-musgo, que combinava com seu tom de pele, seus cabelos negros e olhos castanhos. Ela era uma mulher muito bonita, além de ser forte, decidida e talvez até mais preparada para a vida que eu. Pois bem... — Vagner tomou mais um gole da bebida, enquanto o investigador o fitava calado. A seu lado, Fernanda deixava uma lágrima cair sobre a face. Vendo que Guilherme o fitava, Vagner prosseguiu: — Na festa estava presente uma jovem com quem eu havia me relacionado antes de Fernanda. Aqueles namoricos que não vão adiante por falta de química ou coisa do gênero. Quando essa moça me viu, me abraçou e, sem que eu pudesse esboçar uma reação, me beijou ardentemente. Fernanda viu a cena e, geniosa como era, nem esperou explicações. Saiu chorando parecendo uma doida e estava tão desesperada que acabou atravessando a rua sem perceber que o sinal estava vermelho para pedestres. Eu vi de longe o acidente e, quando cheguei, já havia muitos curiosos em volta do corpo dela. Fernanda ainda respirava... A ambulância veio, e ela foi levada para o hospital mais próximo. Algumas horas depois, para meu desespero, recebi a notícia de morte cerebral de minha noiva, o que significava que seus outros órgãos estavam aptos para serem transplantados. Como é de praxe, um grupo de médicos veio conversar comigo a respeito da doação, e eu, mesmo perdido e sem chão, achei que seria uma ideia louvável... afinal, ela continuaria viva em outras pessoas e salvaria vidas. Então, conversei com os pais dela, que, abalados, não se opuseram à minha posição e deram autorização para que os órgãos fossem retirados. — Vagner fez uma pausa para se recompor, e Guilherme aproveitou-se do momento para questioná-lo:

— Você recebeu alguma proposta de dinheiro pelos órgãos?

— Não! Fernanda era de uma família tradicional da cidade. Os pais dela têm fazendas de gado na região, e eu, embora seja de classe média, nunca precisei de dinheiro escuso para sobreviver e jamais aceitaria dinheiro em troca dos órgãos de minha noiva!

— Entendo... E por que decidiu me procurar, se fez tudo de acordo com a lei e com seus princípios?

Vagner ficou pensativo, e seus olhos perderam-se por alguns instantes em um ponto do espaço. Após limpar uma lágrima que insistia em cair por sua face, respondeu:

— Depois que você foi me procurar no trabalho, comecei a me questionar sobre a doação e, a partir daquele momento, comecei também a ouvir vozes me acusando. Às vezes, chego a acreditar que é Fernanda quem me acusa de tê-la matado para retirar seus órgãos, o que não é verdade! Há momentos em que acredito que vou enlouquecer, portanto, preciso saber a verdade. Sei que Lara fez o transplante na mesma época em que Fernanda morreu e sei também que, embora ela não tenha dinheiro, Roberto pode ter comprado o coração para ela, pois ele a tem como uma filha. Além disso, o primo dele é um cardiologista de grande influência na minha terra, o que poderia ter facilitado o tráfico do órgão. O que mais me aterroriza, Guilherme, é a dúvida: será que eles mataram Fernanda para ficar com seus órgãos? Se isso for verdade, não vou descansar enquanto não vir todos eles atrás das grades. Eu juro! — Vagner tomou mais um gole da bebida e chamou o garçom para pedir-lhe que lhe trouxesse outra.

Ao ouvir o relato de Vagner, Fernanda começou a chorar convulsivamente, e Denys limitou-se a deixá--la com sua dor. Após alguns segundos, Guilherme comentou:

— Você sabe que estamos investigando este caso, não sabe? Portanto, não preciso lembrá-lo de que, para o bem das investigações e para o seu próprio bem, nossa conversa nunca existiu. Deixe-me, no entanto, lhe dar um conselho. O investigador fez uma pausa para olhar bem fundo nos olhos de Vagner, que, um pouco mais refeito, levantou a sobrancelha a questioná-lo. Guilherme continuou: — Essas vozes que você tem escutado podem ser perturbações de espíritos ignorantes que ficam azucrinando sua cabeça, e, se eu fosse você, procuraria ajuda espiritual. Como lhe disse há pouco, embora não siga nenhuma religião, já vi muitos casos parecidos com o seu. Casos de pessoas que beiraram a loucura por ouvirem vozes, que, após tratamentos espirituais, sumiram como por encanto. Portanto, em vez de criticar sua colega de trabalho, peça ajuda para ela.

Vagner não respondeu, e os dois continuaram conversando sobre outros assuntos por mais alguns minutos. Quando finalmente se despediram, cada qual tomou seu rumo, prometendo se reencontrarem outras vezes.

Capítulo 9

A tarde findava, quando Renata entrou na nave da igreja matriz de braços dados com seu pai. No local estavam apenas as famílias brancas e abastadas das cidades próximas; os poucos negros e pobres limitavam-se a assistir à cerimônia do lado de fora, afinal, não tinham direito de entrar no templo religioso, pois, na época, os negros eram considerados seres sem alma pela Igreja.

Renata dava seus passos rumo ao que acreditava ser seu calvário e foi, por fim, recebida por Augusto, que, ignorando o ar de despeito de sua futura esposa, se ajoelhou ao lado da moça e diante do altar. O padre, então, realizou a cerimônia em latim, selando o futuro dos dois jovens que, dali em diante e segundo os conceitos de casamento da Igreja, passariam a ser um.

Os meses foram passando. Renata fora morar na fazenda dos sogros, levando consigo apenas a mucama, que era sua amiga e confidente.

— A sinhá só pode estar louca! O que pretende fazer é pecado!

Renata riu prazerosamente e, voltando-se para a mucama, respondeu quase sussurrando com medo de ser ouvida pela sogra, que gostava de ficar atrás da porta ouvindo as conversas das duas moças.

— E você lá sabe o que é pecado, Clarice? E, depois, não acredito em nada do que aquele padre velho e senil fala. Não acredito em Deus! Sempre fui boa para os outros, e olhe no que deu! Um casamento em que sou obrigada a me deitar com aquele porco do Augusto para que ele sacie suas volúpias! Portanto, se terei de aguentá-lo durante alguns anos, ao menos tornarei minha vida aqui um pouco mais tranquila!

Clarice balançou a cabeça em sinal negativo. Renata estava fora de si e, por mais que tentasse demovê-la de seus intuitos, sabia que não conseguiria.

— Amanhã, sairemos ao nascer do sol. Direi a Augusto que preciso comprar linha para bordar no armazém e que depois almoçarei com meus pais na fazenda Ouro de Minas. Assim, nós teremos tempo suficiente para passarmos no sítio da B... — Renata calou-se, pois percebera que Carmem encostara o ouvido atrás da porta. Ao longo dos meses, a moça desenvolvera com maestria seus sentidos para captar o menor barulho de passos e não permitir que a sogra ouvisse suas intimidades. E, aumentando o tom de voz, comentou:

— Clarice, sua pomba lesa! Por que não me avisou que a linha branca acabou? Preciso terminar alguns bordados!

A negrinha entendeu o recado e, com o mesmo tom de voz, desculpou-se, segurando-se para não rir enquanto a sinhá se aproximava lentamente da porta e a abria abruptamente. Vendo a senhora com cara de mofa ao ser pega de surpresa, questionou em tom sarcástico:

— Minha sogra, não me diga que veio me chamar para um chá?

Carmem ajeitou a gola do vestido e, procurando disfarçar, respondeu:

— Vim lhe pedir ajuda. Estou com dificuldade de fazer um ponto novo que a senhora Juliana nos ensinou dias desses. Estou preocupada, Renata. Você não sai deste quarto para nada! Até parece que é uma hóspede nesta casa.

A moça suspirou profundamente. Aquela mulher tinha o dom de tirá-la do sério e, mesmo sendo pega no flagra, conseguira inverter a situação a ponto de fazê-la se sentir inferior. Com um sorriso, a moça fez uma ligeira mesura, segurando o vestindo e dizendo:

— Sim, senhora minha sogra. Será um prazer ajudá-la!

Carmem estranhou a doçura da nora, pois, desde que Renata se casou com seu filho, fazia questão de ser malcriada com todos daquela casa, até com o próprio marido, a quem devia devoção. Se não fosse pela ambição de Augusto, a teria devolvido à casa materna. Carmem era exigente, fora criada com esmero pela mãe e aprendera desde cedo a cuidar da casa e a se portar bem. Quando se casou, a matriarca também foi morar com os sogros, a quem devotou obediência e respeito, mas Renata parecia fazer questão de fazer o contrário, o que para Carmem era uma afronta sem precedentes. Sem ocultar seu desagrado, a mulher rodou nos calcanhares e foi seguida pela jovem, que fazia caretas às suas costas.

Quando Augusto chegou, encontrou a esposa ao lado de sua mãe em meio a bordados e estranhou o jeito cordato da moça, que, ao vê-lo, se levantou, pegou o chapéu do marido e entregou-o para Clarice. Depois, com um sorriso perguntou:

— Senhor meu esposo, deseja que eu lhe providencie um escalda-pés? Deve estar cansado após um dia de negociações na cidade.

Augusto arregalou os olhos, pois não esperava ver a esposa naquela posição submissa. Clarice, por sua vez, ouvia sua sinhá a certa distância e baixou o rosto para que ninguém notasse seu sorriso debochado.

— Vou para nossos aposentos. Providencie um banho, pois, como você mesma disse, tive um dia exaustivo!

Augusto foi para o quarto, e Clarice foi preparar a água para o banho de seu senhor. Renata saiu apressada, após pedir licença para a sogra, que, apesar de não ter entendido nada do que estava acontecendo, tratou a nora com deferência e a liberou de seus compromissos.

***

No dia seguinte, Renata e Clarice saíram rumo à cidade. Após comprar as linhas de que precisavam, as duas tomaram uma estrada de terra. A certa altura, Clarice comentou:

— Estamos chegando, mas devo lhe dizer que meu coração está apertado. Tenho medo da bruxa e mais medo ainda de dona Carmem. Se ela descobrir para onde fomos, é capaz de nos colocar no tronco!

— Aquela velha nunca descobrirá. Deixamos o cocheiro na cidade a pretexto de andarmos um pouco pelas ruas. Voltaremos para casa com as compras, e ninguém notará nada!

Clarice não respondeu e logo avistou uma casa simples no meio do mato. Com o coração aos saltos, a moça bateu palmas e, quando já se preparava para fugir, viu uma figura medonha aparecer na porta medindo-as de cima a baixo, que, por fim, ordenou:

— Entrem! Eu já esperava vocês!

As duas moças trocaram olhares, e Clarice começou a tremer. Quando viu o estado da negrinha, Renata pegou-a pelo braço e disse:

— Vamos! Deixe de ser medrosa! Essa velha não poderá nos fazer mal algum, ou acha que ela terá coragem de fazer algo para uma dama da sociedade como eu?

— Dizem que ela não tem medo de nada e que tem pacto com o demônio, sinhazinha!

Renata riu prazerosamente e respondeu à queima-roupa:

— Pacto com o demônio tenho eu!

Após ouvir o comentário da sinhá, Clarice fez o sinal da cruz ao sentir um arrepio percorrer sua espinha e deixou-se arrastar por Renata, que adentrou o local tentando não se impressionar com o forte cheiro de ervas e com a sujeira do lugar. A velha, ao vê-las bem de perto, comentou:

— Sei o que estão procurando, mas antes vocês terão que me responder uma pergunta.

As duas moças consentiram com a cabeça. Clarice estava trêmula, e Renata olhava fixamente a mulher, que continuou:

— Vocês estão preparadas para o futuro? Por acaso sabem as consequências dos seus atos? O que isso causará a si mesmas e aos outros?

Renata consentiu com a cabeça; e Clarice, pela primeira vez, olhou para a mulher e respondeu:

— Não tenho nada com isso, senhora!

A velha respirou profundamente e em seguida passou a mão pelo rosto da mucama dizendo:

— Você é uma negra muito vistosa e está longe de ser fraca como tenta demonstrar. Acaso acha que me engana, negrinha? Pensa que não sei de seu futuro? Você desejará mais que a sua senhora o que vou lhes entregar e desejará ardentemente que seu desejo seja realizado!

Clarice engoliu em seco, sem entender aonde aquela bruxa queria chegar com aqueles despautérios. Renata, vendo os olhos arregalados da mucama, chamou a atenção da velha:

— Trouxe-lhe algumas joias e tenho certeza de que serão suficientes para o pagamento de seus préstimos! Eu só preciso que me faça...

— Sei o que deseja; agora me deixe ver as joias!

Renata mostrou uma pequena bolsa aveludada de onde tirou alguns colares de ouro e anéis desenhados pelos melhores ourives do império. A velha, quando viu as peças, selecionou dois anéis e um colar de pedras preciosas e entregou o resto para a jovem dizendo:

— Não quero todo o seu ouro, só o suficiente para pagar os meus serviços, mas quero que fique bem claro que, ao sair desta casa, você terá feito um pacto com as forças das trevas e não sairá ilesa disso.

Renata concordou, mas não acreditava em Deus e muito menos em demônios. Estava claro para a moça que aquela mulher sabia manipular ervas, coisa que qualquer escravo de sua fazenda poderia lhe fazer sem nenhum custo, mas Renata não pedira o favor aos curandeiros de suas terras para não levantar falatórios e, consequentemente, ver seus planos irem por água abaixo.

Em poucos minutos, as duas moças deixaram a cabana. Aliviada, mas ainda confusa com as palavras que ouvira da mulher, Clarice ficou perdida em seus pensamentos até chegarem à fazenda Ouro de Minas. Feliz, Renata visitou a mãe, passou o resto da tarde em companhia de sua genitora e voltou para casa pouco antes de seu esposo.

***

Três meses se passaram, e naquele dia Renata acordou indisposta e não teve coragem de sair da cama. Clarice, quando viu o estado de sua senhora, foi até a cozinha e preparou-lhe uma farta bandeja com pães e frutas. Ao entrar no quarto, a mucama posicionou a comida diante de sua senhora, que, sentindo o cheiro do leite no bule, se levantou abruptamente e correu para o banheiro. A moça vomitou um líquido gosmento, uma vez que também não conseguira jantar na noite anterior e estava de estômago vazio.

— Leve esta bandeja daqui, senão vou morrer de tanto enjoo.

Clarice saiu rapidamente do quarto e, ao passar pela cozinha, deparou-se com Carmem. Notando a bandeja intacta, comentou:

— Pelo visto, Renata não tocou em nada. Acaso está enjoada?

— Sim, senhora. Só de sentir o cheiro do leite, a pobrezinha passou mal.

Carmem não respondeu, pois não era mulher de dar confiança aos negros como a nora. Sem demora, a mulher entrou no quarto da nora sem pedir licença e, vendo a jovem sentada com a mão na barriga, questionou:

— Suas regras vieram?

— Não! — respondeu Renata à queima-roupa. A moça estava sentindo tanto enjoo que se esquecera das formalidades que sua sogra fazia questão de manter com ela. Carmem, não gostando do tom de voz da jovem, comentou rispidamente:

— Você está de barriga. Levante-se, pois gravidez não é doença. Trate de caminhar, pois um pouco de ar puro fará bem aos seus pulmões e ao bebê que carrega no ventre. Até que enfim conseguiu pegar barriga! Já estava começando a achar que era seca. Afinal, gerar filhos é sua obrigação!

Renata engoliu em seco. Já desconfiava de que pudesse estar grávida, mas preferira ignorar os sintomas para não encarar a realidade.

A sogra saiu do quarto, e Renata começou a chorar. Ficou no leito por mais algumas horas até que Carmem retornou e a obrigou a sair da cama para caminhar um pouco pelo jardim.

Os dias foram passando rapidamente, e a barriga de Renata crescia e tornava-se volumosa. A moça remexeu-se no leito e acordou com dores. Ao passar a mão na cama, percebeu que Augusto não estava ao seu lado. Renata pensou em se levantar, mas a dor era intensa e, sem ter o que fazer, ficou à espera do marido. Pouco tempo depois, ele retornou ao quarto, espantou-se ao ver a esposa acordada e perguntou friamente:

— O que você tem, mulher? Ainda é cedo para dar à luz meu filho!

— Estou com dores, Augusto. Posso saber onde esteve esse tempo todo?

— Ouvi um barulho vindo da senzala e achei que os negros estavam querendo fugir. Essa maldita ideia dos abolicionistas está me deixando com os nervos à flor da pele, e a culpa também é de seu pai, que, indiretamente, apoia o movimento de libertação dos escravos. Ainda ontem, ele disse que pretendia alforriar todos os seus escravos. O velho está ficando senil, e, se fizer isso, grande parte de seu patrimônio se perderá com os malditos negros!

Renata suspirou e, sentindo-se um pouco melhor, respondeu:

— Papai sabe o que faz e, se eu fosse você, seguiria suas decisões! Os negros em nossa fazenda sempre produziram bem, pois trabalham bem alimentados e felizes com as poucas regalias que lhes oferecemos. Lá não há motim, pois os pobres coitados são gratos à nossa família!

— Só você com essa cabecinha de vento mesmo! — Augusto ajeitou o travesseiro e virou-se de bruços, sem perceber que Renata ficara desconfiada de sua saída. Trincando os dentes, a moça disse a si mesma: — Fuga de escravos... sei... Acaso não sei o que, na calada da noite, os senhores de escravos fazem com as negras na senzala? Você não perde por esperar, Augusto! Ainda pagará caro pela humilhação que está me impondo! Você e a cobra da sua mãe!

E, com esses pensamentos, Renata acabou adormecendo. No dia seguinte, a moça levantou-se um pouco mais disposta e, quando se sentou à mesa para o desjejum, deparou-se com a figura carrancuda da sogra, que se limitou a medi-la de cima a baixo. Sem responder ao cumprimento da nora, Carmem comentou com o filho:

— Vejo que sua esposa está indisposta. Eu lhe falei que essa imprestável não teria capacidade de segurar uma barriga! Não faça mais filhos! Contente-se com este que está por vir!

— Como a senhora fez? Afinal, só teve Augusto. Ao menos, que eu saiba, além dele não há outros filhos legítimos dentro desta casa!

Carmem arregalou os olhos, e o marido da matriarca engasgou com o café. Sem pensar duas vezes, Augusto levantou-se, deu um tapa na face de Renata e esbravejou:

— Nunca mais dirija a palavra desta maneira à minha mãe! Você é minha esposa e tem de se comportar como tal!

Renata levou a mão ao rosto que ardia e, com o coração aos saltos, pensou em voar para cima dele. Não fora criada para apanhar de marido, mas controlou-se. A moça voltou seu olhar para a sogra, que não escondia seu contentamento ante a atitude do filho, e levantou-se, deixando a mesa sem pedir licença. Augusto fez menção de ir atrás de Renata, mas o pai segurou-o pelo pulso com firmeza dizendo:

— Deixe-a, Augusto. Não o criei para espancar sua esposa — e, voltando-se para Carmem, completou: — Quanto à senhora, segure sua língua! Afinal, nossa nora só se defendeu do seu veneno!

Ao dizer aquelas palavras, o homem enxugou a boca no guardanapo e saiu da sala, sendo seguido pelo filho e deixando Carmem com um sorriso nos lábios, ainda feliz com a cena que presenciara.

***

Caía a noite quando todos se reuniram após a refeição para um sarau. Algumas pessoas haviam sido convidadas para ouvirem um jovem pianista que acabara de chegar da capital do império, e Renata parecia refeita do tapa que levara. A moça conversava animadamente com os visitantes, quando, de repente, ouviu um grito vindo do outro lado da sala. Era Carmem que, sentindo-se sufocar, deu um grito aterrador, fechando seus olhos para aquela existência na carne após um infarto fulminante. Um médico, que estava entre os convivas, tentou reanimá-la, mas fora em vão. No alvoroço, ninguém notou a troca de olhares entre Renata e sua mucama, que, de cabeça baixa, ajudou a levar o corpo inerte de Carmem para seus aposentos, onde seria preparado para a cerimônia fúnebre, deixando todos de luto naquela fazenda por um longo tempo.

Capítulo 10

Lara olhou-se no espelho para colocar o colar de pequenas pedras de jade. A moça comprara o acessório para combinar com o vestido verde-musgo que alugara para a ir à festa de 15 anos de Sofia, filha de Roberto. Já fazia algumas semanas que ele voltara para sua rotina após o desencarne de sua mãe e decidira manter a festa, alegando que a vida precisava continuar e que sua mãe se restabeleceria em uma das moradas do Altíssimo. Fernanda, vendo Lara dar uma voltinha em frente ao espelho, riu prazerosamente e comentou com Denys:

— É hoje que Vagner vai enlouquecer quando vir essa sonsa vestida praticamente igual a mim. Até o colar eu consegui fazê-la comprar parecido com o meu, mas é claro que o que eu usava não era bijuteria, afinal, nasci em berço de ouro.

— Não se esqueça de que, depois desta festa, você terá de deixá-los para fazer aquele serviço para mim. Portanto, pinte e borde com os dois!

Fernanda suspirou; não queria se ausentar, ainda mais agora que estava realizando seu intuito de deixar Vagner cada vez mais desconfiado de que fora o responsável por seu assassinato no hospital e de que Lara era mesmo a receptora de seu coração, o que ela não tinha dúvidas. Lendo os pensamentos da moça, Denys comentou:

— Você reclama de barriga cheia! Conseguimos dominar Vagner em pouco tempo e ainda temos um pouco de influência com essa zinha aí. Não se preocupe: ficarei incumbido de continuar com os dois. Agora, vamos nos afastar, pois Silvana está chegando.

Fernanda vez uma careta e comentou em seguida:

— Seria tudo tão mais fácil se essa insuportável da Silvana não estivesse interferindo. Sabe que ainda temo que ela estrague meus planos?

— Silvana é segura de si; não se deixa levar por pensamentos que para ela são menores. Ela aprendeu a cuidar da mente e com isso não nos dá brecha, portanto, o melhor é não tentarmos nada contra ela. Se tentarmos, teremos problemas com os cordeiros, e isso é tudo o que não queremos neste momento. Agora, vamos para o salão onde acontecerá a festa. Lá, Silvana se distrairá com os colegas e nos deixará livres para agirmos com os dois!

Fernanda deixou-se levar pelo amigo, afinal, acreditava que ele estivesse certo. Só em tê-lo a seu lado já a deixava mais tranquila. E ela pensava que ao menos para isso servira sua morte: para encontrar amigos que, assim como ela, viam a vida pela lei do olho por olho; dente por dente.

***

Silvana entrou na sala da casa de Lara e foi recebida pela mãe da amiga, que lhe deu um abraço carinhoso e disse em seguida:

— Lara já vai descer, minha filha. Estou tão feliz em vê-la bem! Você não imagina como meu coração está agradecido a Deus pela plena recuperação de minha filha!

— Posso imaginar sim, dona Ivone, afinal, acompanhei o sofrimento da senhora por causa da doença de minha amiga, as horas difíceis até o transplante e a incerteza do sucesso na aceitação do novo órgão. Sabe que eu também agradeço às forças do universo todos os dias?

— Não duvido, meu anjo! Você foi um diamante que Deus colocou em nossos caminhos!

Ivone deu um abraço na moça, que estava usando um vestido longo e discreto na cor champanhe e uma maquiagem leve. Pouco depois, as duas se afastaram ao ouvirem os passos de Lara, que descia lentamente a escadaria segurando o corrimão. Silvana, ao ver a moça, não conteve seu espanto diante de tanta beleza e, antes que ela descesse o último degrau, comentou:

— Você está lindíssima, amiga! Nunca a vi tão exuberante!

Lara abriu um sorriso e, após dar um beijinho de leve na face da outra, respondeu:

— Você sabe que nunca gostei da cor verde, pois achava que não realçava minha pele, mas não resisti a esse vestido! É como se fosse uma marca registrada em meu espírito!

Silvana achou aquele comentário estranho, mas lembrou-se de que, segundo algumas opiniões que havia lido, Lara poderia ter memórias do coração do doador. Desde que a amiga fizera o transplante, Silvana começou a pesquisar bastante sobre a memória das células. Alguns pesquisadores insistiam em dizer que o coração era um órgão tão importante quanto o cérebro, pois possuía vida própria e armazenava em suas células uma grande quantidade de emoções e, como consequência, levaria essas memórias ao novo corpo, fazendo o receptor passar a ter gostos e até desejos que nunca tivera antes. Aquilo, contudo, era apenas uma tese sem comprovação científica. Para Silvana, o coração era uma ligação forte com a alma, e a vida era sábia em suas decisões e agia com cada um de acordo com suas necessidades. E com esse pensamento Silvana despediu-se da dona da casa, seguindo com a amiga até o automóvel no qual se sentou ao volante e deu a partida para o salão na região do Jardins.

Vagner chegou sozinho ao salão, olhou à sua volta e, quando viu Roberto conversando com a esposa, abriu um sorriso; não queria voltar a viver a emoção de uma festa como aquela. Em sua mente ainda estava registrado o último baile onde tudo acontecera, mas, ante a insistência do amigo, não pôde recusar o convite e foi com alegria que os cumprimentou e com eles ficou conversando até a chegada dos convidados. Aos poucos, o salão foi ficando repleto de convidados, a maioria composta por jovens da turma de Sofia, que, feliz, cumprimentava a todos, demonstrando que aprendera com a mãe a ser uma boa anfitriã.

— Venha se juntar a nós! — convidou Leandro ao se aproximar do amigo que estava a um canto do salão. Pegando no ombro de Vagner para falar mais próximo ao seu ouvido, continuou: — Estou esperando as meninas chegarem. Acredito que logo, logo Silvana chegará acompanhada de Lara.

Vagner tomou um gole de uísque e, sem responder, seguiu o amigo até o grupo de rapazes que trabalhavam com ele no escritório. A conversa começou a fluir mais alegre e, embora Vagner não conseguisse esconder o desconforto que aquela festa estava lhe causando, procurou se enturmar. Pouco depois, a atenção do grupo voltou-se para a entrada do salão. Naquele momento, Silvana e Lara chegavam à festa.

Quando viu a jovem vestida igual a Fernanda, Vagner sentiu seu coração disparar. Ele quis abandonar o grupo, mas suas pernas travaram e uma tremedeira tomou conta de seu corpo, fazendo-o pensar que desmaiaria. Leandro, notando a tez pálida do amigo, perguntou:

— Você está pálido! Está passando mal?

Vagner balbuciou alguma coisa que Leandro não entendeu, e pouco depois as duas moças se aproximaram e cumprimentaram a todos alegremente. Após dar um leve beijo na face de Vagner, Lara comentou:

— Que bom que decidiu vir! Tenho certeza de que Roberto ficou feliz com sua presença.

Vagner não respondeu, e Lara assustou-se ao notar o estado do rapaz:

— Você está tremendo! Aposto que sua pressão baixou, venha, vou levá-lo até um lugar mais tranquilo.

Vagner pensou em se esquivar, dizer que não conseguia encará-la, pois sabia que ela estava com o coração de Fernanda, que fora assassinada covardemente naquela UTI. O rapaz estava desnorteado, porque acreditava que a morte de Fernanda ocorrera com o consentimento dele. Ele, contudo, não conseguiu desvencilhar-se de Lara. Estava fraco, confuso para articular palavras, e assim os dois chegaram até um belo jardim nos fundos do salão.

Lara avistou um banco e fê-lo sentar-se dizendo:

— Vou buscar uma água mineral. Não saia daqui!

Vagner não respondeu. Lara estava linda naquele vestido verde-musgo, igual ao que Fernanda usava na festa em que tudo acontecera de forma tão abrupta e estúpida. Quando a moça voltou, ele já estava um pouco mais refeito. Com um sorriso, Lara entregou-lhe um copo com água, esperou que ele bebesse o líquido lentamente e, em seguida, sentou-se a seu lado dizendo:

— Você precisa se cuidar. Se eu não chegasse a tempo, você teria desmaiado no salão!

— Já estou melhor, obrigado. Deve ter sido a pressão! A propósito, você está muito bonita!

— Obrigada. Acredita que nunca gostei de verde?! Mas, quando vi esse vestido, senti que precisava usá-lo. É como se ele me lembrasse de um passado que eu nunca vivi!

Vagner mordeu os lábios em sinal de nervosismo e pensou em dizer a Lara que sabia o motivo de ela ter escolhido aquele vestido, cujo modelo era parecido com o que sua doadora usava quando sofreu o acidente que a levou a óbito. Ele pensou em dizer também que, se tivesse impedido aquele beijo, nada daquilo estaria acontecendo e que provavelmente seria ela, e não Fernanda, que estaria morta. A essa constatação, sentiu-se confuso. Estava gostando de Lara e não queria vê-la morta. Ao contrário, queria tocá-la, beijar seus lábios delineados, sentir seu cheiro e amá-la com toda a força de seu ser, mas se controlou e, esboçando um leve sorriso, respondeu:

— Talvez seja alguma lembrança do doador, algo que ele tenha vivido e que ficou registrado no coração dele!

— Pode ser, embora eu não acredite muito nessa teoria, ou melhor, prefira não pensar nisso. Sabe, é muito estranho imaginar que alguém teve que morrer para que eu pudesse continuar existindo. É como se eu, de certa forma, fosse culpada pela morte do outro. Confesso-lhe que, antes do transplante, muitas vezes imaginei que a desgraça de alguém seria minha salvação, e isso me incomodava. Era como se estivesse realmente desejando o mal do meu próximo. Silvana me visitava sempre e dizia que a vida é sábia, que as coisas que tivessem de acontecer aconteceriam com ou sem meu consentimento, e que eu não poderia controlar a vida. Graças a ela fiquei mais aliviada, uma vez que ela estava certa, afinal, não foi eu quem provocou a morte de ninguém para receber o coração.

Vagner consentiu com a cabeça e, quando viu Silvana aproximando-se, esboçou um suspiro aliviado. A moça, ao vê-los conversando, abriu um lindo sorriso e disse:

— Desculpe incomodá-los, mas gostaria de saber se está tudo bem. Você estava tão pálido, Vagner!

— Estou bem! Foi uma pequena queda de pressão. Acho que tomei uma dose de uísque com o estômago vazio, mas já passou!

— Então, que tal voltarmos lá para dentro e comermos algo? O bufê está sendo servido, e a comida parece estar deliciosa!

Os dois concordaram com a cabeça e pouco depois se serviram do bufê, o que foi um alívio para Vagner, que, mesmo confuso, procurou manter as aparências.

Quando viu a amiga se servir de risoto de camarão, Silvana não conteve o espanto:

— O que deu em você?! Isso é risoto de camarão! Você não suporta o cheiro dessa comida!

— Nem eu sei, mas é que me veio uma água na boca só de olhar o risoto!

Vagner, que ouvia o diálogo entre as duas mulheres, arregalou os olhos e, ainda se tinha alguma dúvida, agora não a tinha mais, pois Fernanda amava risoto de camarão e sempre o fazia ir a um restaurante de frutos do mar para comer a iguaria.

Fernanda, vendo que seu plano estava dando certo, deu um pulinho de alegria e abraçou Denys dizendo:

— Pronto, só falta o grande final! Vagner ficará tão confuso que logo, logo estará aqui conosco! Agora é com você!

— Deixe comigo! Após a valsa da garotada, vou me aproximar do DJ e fazê-lo tocar a música de vocês! Por ora, é melhor nos afastarmos, pois Silvana ainda consegue nos sentir e nos repelir!

Fernanda consentiu com a cabeça e acompanhou o amigo de infortúnio até um canto afastado do salão, onde continuaram observando o grupo a distância. A festa prosseguiu animada. Já era tarde da noite quando os jovens foram convidados a dançarem a valsa, e todos os protocolos de um baile de debutantes foram seguidos à risca. Após o ritual, as músicas que animavam os convidados voltaram a tocar até que o DJ fez uma pequena pausa e logo em seguida a bela canção *Love me tender,* na voz de Elvis Presley, começou a ser ouvida por todos.

Lara aproximou-se de Vagner, pegou levemente na mão do colega e convidou-o docemente:

— Me concede o prazer desta dança, meu nobre cavalheiro?

Vagner arregalou os olhos; aquilo era demais para ele. Pensou mais uma vez em xingá-la e pedir que ela parasse de imitar Fernanda, pois aquilo estava deixando-o louco e provocando-lhe ainda mais remorso. Tudo o que conseguiu fazer, no entanto, foi sair correndo do salão, deixando todos que viram a cena estupefatos.

Leandro riu jocosamente e disse:

— É, Lara, acho que você o espantou. Sempre o achei estranho, mas nunca imaginei que ele corresse de mulher!

Os rapazes riram prazerosamente do comentário maldoso de Leandro, e Silvana resolveu chamar-lhes a atenção dizendo:

— Não sejam cruéis e maledicentes! Desde que chegamos aqui, Vagner não estava se sentindo bem, portanto, deixem-no em paz!

— Concordo com ela, meninos! — obtemperou Lara, tentando ocultar a tristeza que sentira com a atitude de Vagner.

Silvana percebeu que a amiga estava triste e levantou-se para se despedir de todos, o que foi um alívio para Lara, que estava exausta após uma longa noite em que fizera muito esforço físico.

Denys, ao ver que seu plano dera certo, voltou-se para Fernanda dizendo:

— Fiz minha parte! Depois dessa noite, Vagner nunca mais será o mesmo! E dou-lhe minha palavra de que estarei de olho para que isso realmente aconteça. Agora é hora de você retribuir minha ajuda! Vamos!

Fernanda não respondeu. A hora que ela tanto temia chegara e não lhe restava opção a não ser dar sua mão ao amigo e ser conduzida por ele.

Capítulo 11

Marcelo acordou com falta de ar. Ele sonhara com uma mulher de olhos enigmáticos, que usava um longo vestido verde-musgo sujo e surrado e que, transfigurada, gritava exigindo seu coração de volta. Quando Edna, mãe de Marcelo, entrou no quarto, encontrou o filho suando em bicas. Correndo ao encontro dele, a mulher abraçou-o e, esperando que a respiração do filho voltasse ao normal, comentou:

— O que aconteceu? Eu e seu pai ficamos preocupados com seus gritos.

Marcelo olhou para a mãe, que tanto sofria com o estado de saúde delicado dele. Desde que ele fora diagnosticado anos antes com uma cardiomiopatia, o sofrimento da mulher só aumentou à medida que ela esperava pelo transplante do filho em uma fila que mais lhe parecia um corredor da morte. Quando o transplante, por fim, aconteceu, o procedimento foi bem-sucedido, e Marcelo passou a tomar imunossupressores. Nos últimos dias, contudo, a falta de ar e o cansaço tornaram-se seus companheiros, o que indicava uma possível rejeição do corpo ao órgão transplantado. Não querendo deixar a mãe preocupada, ele abriu um leve sorriso dizendo:

— Tive um pesadelo, nada de mais. Volte a dormir, já estou bem!

Edna consentiu com a cabeça, deu um beijo na testa do filho e cobriu-o com um lençol. Quando ele fechou os olhos, ela deixou o quarto. A mulher foi à cozinha, tomou um copo com água e, quando voltou aos seus aposentos, encontrou Ricardo sentado na cama à sua espera:

— O que houve, mulher?

— Marcelo teve um pesadelo. Disse que não era nada, mas sinto que ele não está bem. Esta semana teremos consulta com o doutor Fabrício e veremos o que ele nos dirá.

— Você acha que ele está tendo problemas com o novo coração?

— Acho! Você sabe que pesquisei tudo sobre a doença de nosso filho, conversei com vários médicos, e todos me alertaram sobre a possibilidade de o corpo rejeitar o coração transplantado. Mesmo tomando os imunossupressores, isso poderia acontecer. Não sei mais o que fazer! E agora, para completar, apareceu aquele maldito investigador à nossa porta, nos fazendo aquele monte de perguntas.

Edna não aguentou. Queria ser forte, fingir para o filho e para o marido que estava tudo bem, mas não aguentava mais. Com Marcelo até conseguia se controlar, mas ao lado do marido desabou a chorar. Ela foi tomada por um pranto de desespero, um pranto de uma mãe que poderia perder o filho a qualquer momento por causa de uma doença e de quem estava prestes a ter que se entender com a justiça por ter tentado salvar a vida do filho de forma obscura.

Limitando-se a fazer carinho na cabeça da esposa, Ricardo esperou que ela se acalmasse e secasse as lágrimas que ainda insistiam em cair por sua face e comentou:

— Vai dar tudo certo! Vamos manter a esperança! Além disso, em relação ao transplante de nosso filho, nós não fizemos nada de errado. Ao contrário! Foram eles que agiram de má-fé conosco.

— Eu sei e é por isso que insisto que devemos procurar a polícia e contar o que sabemos. Pelas perguntas do investigador, ele está achando que nós pagamos pelo órgão de Marcelo, o que não aconteceu. Fomos vítimas dessa quadrilha que usa do desespero das famílias, que estão com os seus entes à beira da morte, para angariar fortunas.

— E vamos dizer o quê? Que fomos lesados? Que usaram de má-fé conosco?

Edna mordeu os lábios, seu marido estava certo e não podiam fazer nada.

— Temo que tenhamos de prestar depoimento na delegacia e talvez seremos até indiciados, pois tráfico de órgãos é crime!

— Edna, nós não traficamos nenhum órgão! Além disso, falei com o doutor Romero, e ele achou melhor esperarmos o andamento das investigações. Se formos convocados a depor, só nesse caso, contaremos a verdade. Por ora, vamos pedir a Deus que dê saúde ao nosso filho e vamos tentar dormir. Amanhã, terei uma reunião com os chineses e preciso estar bem-disposto para negociar com eles.

Edna deitou-se ao lado do marido e conseguiu pegar no sono. Fernanda, que voltara para o lado de Marcelo após acompanhar a conversa do casal, comentou ao ver o rapaz dormindo tranquilamente:

— Esses coitados já estão sofrendo bastante. Acho que não precisam de mais nada para infernizar a vida deles. Já dei um susto no rapaz; acho que agora podemos voltar para São Paulo.

Denys fixou-a, sabendo que seria difícil fazê-la permanecer naquela casa, uma vez que aquelas pessoas não lhe tinham feito nenhum mal. Fernanda só agia por impulso de vingança e seu único objetivo era trazer Vagner para o mundo deles.

— Você ficará aqui e ponto final! Sua missão é ficar ao lado de Marcelo e fazê-lo se sentir mal. Já lhe ensinei como fazer isso, e o resto é por minha conta. E se tentar fazer alguma gracinha, além de não conseguir seus intuitos, ainda pagará muito caro por descumprir nosso acordo.

Denys deixou o local sem dar tempo para Fernanda retrucar, fazendo-a voltar sua atenção para o rapaz, que continuava ressonando. A moça velou seu sono pelo resto da noite.

Fernanda observava a família tomar café da manhã alheia ao que eles estavam falando; estava mais preocupada com seus dramas íntimos do que em cumprir com sua parte naquele acordo. Por segundos, desejou estar longe dali, longe daquele pesadelo que tomara conta de sua vida desde o dia do acidente. A moça estava tão absorta em seus pensamentos que não viu a figura reluzente de Jocasta aproximar-se.

— Por que não deixa de lado toda essa vingança, que não a levará a lugar algum? O que acha de voltarmos ao hospital para que termine seu tratamento?

Fernanda olhou assustada para aquela senhora e, pela segunda vez, sentiu algo estranho. Tinha a certeza de que a conhecia de longa data e não apenas da vez em que estivera com ela no apartamento de Vagner.

— Não quero voltar para aquele hospício, e em breve Vagner estará ao meu lado para que possamos seguir juntos com nosso plano de sermos felizes para sempre!

— Felizes para sempre? Como será feliz ao lado de um homem que não a ama? O que você sabe sobre o amor? O que conhece da vida para dizer que será feliz para sempre? O que pensa em fazer agora? Destruir a vida desse rapaz e voltar para sua vingança pessoal contra o homem que diz amar?

— Você não sabe quem eu sou, não sabe pelo que passei, não teve o coração arrancado em vida para dar para outra pessoa! Qualquer um que estivesse em meu lugar faria a mesma coisa, portanto, não venha me criticar!

Jocasta abriu um lindo sorriso e, passando levemente sua mão sobre a face da outra, comentou:

— Você não sabe o que está dizendo, minha filha, pois está vendo os acontecimentos de forma deturpada. A vida sabe o que faz e, se você desencarnou nas condições em que diz ter desencarnado, com certeza foi por um único motivo: evoluir, deixar o egoísmo de lado e parar de pensar em seu próprio umbigo, pois, quando paramos de olhar para nosso mundinho, todo o universo se expande e se movimenta a nosso favor, nos ligando às forças divinas em que tudo avança para a evolução.

— É fácil falar quando não passou pelo que passei! Eu fui assassinada para que pudessem tirar meus órgãos! Meu coração foi vendido para a desclassificada da Lara, que, de quebra, ainda está querendo ficar com Vagner, portanto, não importa o que fale, não vou desistir de meus intuitos!

— Será mesmo que as coisas aconteceram do jeito que está me contando? Como pode ter tanta certeza disso? Por acaso, você acha que estava em sua perfeita consciência quando chegou ao hospital? Pense nisso e, se quiser conversar, me chame!

Jocasta olhou novamente para Fernanda, que estava imóvel. O espírito de luz deixou o local, não antes de pedir a Deus que iluminasse a mente da jovem para enxergar as coisas como realmente aconteceram.

***

Vagner levantou-se irritado. Passara a noite pensando no que fazer de sua vida e já não aguentava mais sua mente acusando-o. Precisava resolver aquela situação! Decidido, tomou um banho, vestiu-se com elegância e, antes de sair, pegou o telefone e fez uma ligação para Celso, um amigo do Espírito Santo que era advogado e ficara responsável pelo inventário de Fernanda. Quando o amigo lhe falou que já estava tudo pronto para a venda do apartamento, pois os pais da falecida não haviam feito nenhuma objeção e ainda tinham aberto mão da parte que lhes cabia na venda do imóvel, deixando para ele o valor total, Vagner abriu um sorriso. Apesar de estar vivendo um pesadelo, resolver a venda daquele imóvel no qual nem chegara a colocar os pés como morador, deixou-o aliviado. Com um leve sorriso, ele informou ao advogado que estava voltando para sua cidade em poucos dias e desligou o telefone após agradecer-lhe a ajuda e combinarem de se encontrar assim que chegasse à cidade.

Vagner deixou o pequeno apartamento e foi para o metrô, recapitulando em sua mente os seus planos. Quando chegou ao escritório, andou a passos duros cumprimentando a todos de forma seca e, como um rojão, entrou na sala de Roberto, onde o encontrou discutindo com Lara alguns assuntos do escritório. Ao ver Vagner com o cenho cerrado e o olhar decidido, Roberto percebeu que algo o incomodava e, com um sorriso para quebrar o clima frio que estava se instalando no local, comentou:

— Estávamos debatendo a venda daquele imóvel na Zona Leste. Sei que você acredita que seja melhor mantermos aquele braço do escritório lá, mas os gastos com aquela filial estão exorbitantes e...

— O escritório é seu e você deve fazer o que quiser com ele! — interpelou Vagner, não esperando o amigo terminar de falar. E, notando os semblantes surpresos de Roberto e Lara com sua resposta seca, tornou rapidamente: — Passei por aqui só para lhe dizer que estou me demitindo. Voltarei para o Espírito Santo ainda esta semana!

Roberto trocou olhares com Lara, que sentiu uma dor no peito com a notícia. Algo em Vagner a fazia sentir-se feliz e a moça estava lutando contra aquele sentimento que lhe invadira a alma. E procurando entender o que se passava na cabeça dele, comentou:

— Achei que ficaria conosco, afinal, sua vida agora é aqui. Será que poderia ao menos nos dar uma explicação sobre essa mudança repentina?

Vagner olhou com ternura para aquela mulher que carregava o coração de Fernanda. Intimamente, ele acreditava que, sem querer, ajudara a matar a noiva para que Lara continuasse viva, contudo, por mais que tentasse, não conseguia ficar com ódio da moça. Ao fitar seus olhos castanhos, sentir o cheiro de sua pele morena e aquele sorriso aberto que o deixava encantado, quase se desarmou. Já ia responder, quando Silvana bateu levemente na porta e entrou em seguida. Percebendo o clima pesado no ambiente, ela comentou:

— Desculpem-me por invadir a sala. Não sabia que estavam em reunião. Voltarei em outra hora!

— Não será preciso, fique! — respondeu Vagner, fazendo a colega de trabalho parar onde estava.

Lara trocou olhares com a amiga, suplicando-lhe ajuda, e Silvana decidiu ficar. Ao ver a colega parada à porta, Vagner comentou:

— Estou deixando o escritório a partir de agora e sei que não farei falta ao grupo, pois vocês são excelentes profissionais! Ainda hoje escreverei uma carta de demissão, deixando claro que estou me demitindo e quebrando, assim, o contrato assinado por mim no ato de minha admissão. Reconhecerei firma e pedirei para entregar-lhe — e, passando o olhar pelos três, tornou: — Foi um prazer trabalhar com vocês. Adeus!

Vagner rodou nos calcanhares e saiu antes que seus olhos denunciassem a lágrima que já se precipitava. Quando o viu afastar-se abruptamente, Silvana voltou-se para os dois, que estavam em estado de choque, e comentou:

— Vagner está sendo obsidiado por um espírito ignorante. Finalmente, consegui vê-lo! A obsessão está tão forte que os pensamentos dos dois se misturaram a ponto de não conseguirmos saber o que é dele e o que é do espírito!

— Meu Deus! — exclamou Roberto, saindo de seu estado de apatia.

Lara não conseguira absorver as atitudes do amigo e questionou:

— Ele está parecendo um louco! O que poderemos fazer por ele? Um espírito pode mesmo influenciar um encarnado dessa maneira?

— Claro que pode, minha amiga. Somos energia em movimento, e nossos pensamentos criam padrões energéticos que se misturam com outros de sua afinidade. Por algum motivo ainda desconhecido, Vagner deixou as portas de sua mente abertas para a influência de espíritos ignorantes. Neste caso em específico, esse infeliz que o tem acompanhado soube muito bem influenciá-lo a ponto de deixá-lo completamente em suas mãos. Façamos assim... hoje a noite haverá uma reunião em minha casa e colocaremos Vagner na lista de preces! Se tiver algo que possamos fazer para ajudá-lo, a espiritualidade maior se manifestará!

Lara sorriu discretamente. Na mente da moça um turbilhão de sentimentos contraditórios passava como um relâmpago. Ela precisava ver aquele homem novamente antes de sua partida e pedir-lhe para não deixá-la, mas decidira esperar a reunião, afinal, já conhecia um pouco do mundo espiritual e acreditava que algo poderia se feito para ajudá-lo. Roberto também ocultou o que se passava em seu íntimo e voltou sua atenção aos assuntos relacionados ao trabalho, procurando esquecer por momentos aquela atitude abrupta do amigo que ele tanto estimava.

Na rua, Vagner desviava-se das pessoas alheio ao lindo dia ensolarado e andava apressadamente pela multidão da Barão de Itapetininga. Passando pelo Mappin, ele decidiu entrar. Já estava quase no horário de almoço, quando se lembrou de uma lanchonete que ficava no piso superior do local e decidiu subir as escadas rolantes. O lugar estava cheio, e isso o incomodou. Já na lanchonete, Vagner pediu um sanduíche, sentou-se e olhou para o relógio. Sabia que só encontraria o investigador após as catorze horas e decidira ficar por ali enrolando até dar o horário, mas nem o vaivém das pessoas que faziam compras o fez perder o aspecto sisudo e o olhar perdido. Ficara naquele estado até se dar conta de que dera seu horário. Ao sair da lanchonete e procurar as escadas rolantes, irritou-se com a quantidade de pessoas que circulava pelo local, que aumentara consideravelmente desde sua chegada, e precisou ter paciência para chegar até a rua, onde tomou a direção do Viaduto do Chá, seguindo rumo ao distrito.

Vagner encontrou o investigador conversando com um casal, esperou pacientemente até se despedirem e entrou na sala de Guilherme, que, ao vê-lo, o cumprimentou com simpatia. Após apontar a cadeira para que Vagner se sentasse, o investigador comentou:

— Ainda não temos provas concretas, se é isso que veio saber. Encontramos uma lista com nomes de possíveis compradores, mas está difícil conseguir alguma pista concreta dessas pessoas. Todas elas se recusaram a comentar o que sabiam a respeito de transplante ilegal. Parece que há uma atmosfera de medo entre os familiares dos pacientes que passaram pelas mãos deles. Se alguma dessas pessoas pagou por um órgão, dificilmente nos contará, mas ainda é incrível como ninguém deixou escapar nada, nenhuma pista que possamos seguir!

— Isso significa que essas pessoas ficarão impunes?

— Não! Significa que não há provas concretas contra elas! O que temos é uma lista de pessoas que estavam na fila de transplante e que eram ou ainda são pacientes desses médicos. Não há nada que as incrimine ou que comprove a existência de tráfico de órgãos. Até o médico que foi acusado já está solto por falta de provas, e nenhum promotor quer aceitar a acusação. O processo pode ser encerrado a qualquer momento.

Vagner mordeu os lábios em sinal de nervosismo. Precisava colocar aquele médico e sua equipe na cadeia. Prometera a si mesmo que vingaria a morte de Fernanda para tentar amenizar sua culpa. Sem esperar mais informações, levantou-se e, como um rojão, deixou o local sem ao menos se despedir do investigador.

Decidido, Vagner andou até a Praça da Sé e procurou por um "homem sanduíche" que ficava sentado na praça. Ele descobrira que o homem vendia armas contrabandeadas e sem dificuldade o encontrou carregando uma placa de "Compra-se ouro". Após se apresentar, falou de seu interesse em adquirir uma arma, e o homem, depois de fazer várias perguntas a Vagner e de certificar-se de que ele não era da polícia, deu-lhe o endereço de onde poderia comprar uma. O local ficava em um prédio na Rua São Bento e foi para lá que Vagner seguiu, saindo uma hora depois com um embrulho discreto. E, assim, ele terminou o dia:

sem imaginar que, com aquela atitude, estava selando seu destino.

***

Às vinte horas em ponto, Silvana fechou a porta de seu apartamento, após Roberto e sua esposa chegarem. Na sala, Lara conversava com Igor e Thiago, dois amigos que participavam ativamente das reuniões. O casal juntou-se ao grupo e, todos passaram a conversar sobre amenidades. Silvana, vendo que a conversa ia ganhar um rumo diferente do seu intuito, chamou-os para se sentarem à mesa:

— É hora de começarmos a reunião. Nossos amigos espirituais já estão nos aguardando.

O grupo levantou-se, e cada um tomou seu lugar à mesa. A moça abriu *O Evangelho Segundo o Espiritismo* e fez uma sentida prece, pedindo a ajuda dos amigos espirituais e de seu mentor para conduzir com sabedoria a reunião da noite. Em seguida, comentou:

— Nossa reunião de hoje tem como intuito ajudar nosso querido amigo Vagner, pois acredito que esteja sob a influência de espíritos ignorantes. Peço a todos que se concentrem para que possamos receber auxílio do astral.

Igor fechou os olhos e, embora não conhecesse Vagner, fixou o nome dele na mente e começou a visualizar mentalmente algumas cenas. Paralelamente a isso, começou a comentar:

— Vejo um homem moreno, de olhos verdes, que está segurando uma arma de fogo. Ao lado dele, vejo também uma sombra escura que está dominando a mente desse homem, que se sente culpado por algo que aconteceu com sua noiva! — o médium calou-se.

Silvana viu o espírito de uma mulher aproximar-se de Thiago, pronta para falar por meio das cordas vocais do rapaz. A anfitriã abriu um leve sorriso e disse:

— Seja bem-vinda à nossa casa!

O espírito sorriu por meio do médium e respondeu:

— Deus é bendito e nos reuniu em amor! — O espírito esboçou um leve suspiro antes de prosseguir: — Como vocês ouviram há pouco, estamos reunidos para ajudar todos os envolvidos em um grande resgate cármico. Vagner se encontra a mercê de um espírito ignorante, que quer levá-lo a cometer um crime.

— Meu Deus! — interrompeu Lara, assustada com o que acabara de ouvir.

O espírito olhou para ela e com o mesmo tom de voz harmônico lhe respondeu:

— Deus é Pai de bondade e quer o nosso bem, nos criou por amor e com amor, nos dando o livre-arbítrio para que possamos desenvolver aos poucos nossa centelha divina rumo ao Seu encontro. Neste momento, portanto, a vida está agindo de acordo com as atitudes e os pensamentos que Vagner mantém vivos em sua mente equivocada, uma vez que ele, com seu sentimento de culpa, permitiu que espíritos perturbados o influenciassem e agora terá de responder por seus atos. O que nos resta é vibrarmos amor a ele e a todos os envolvidos nesta grande teia de erros passados e presentes, para que tudo saia de acordo com a vontade de Deus! — o espírito calou-se, deixando a mente de Thiago livre de sua influência.

Silvana, ao ver que não havia mais nenhum espírito querendo manifestar-se, comentou:

— Pelo que entendi, Vagner está passando por um momento de prova em sua jornada evolutiva, e só nos resta pedir a Deus que ilumine sua mente.

Lara fez um sinal negativo com a cabeça e, só em pensar em Vagner com uma arma nas mãos, prestes a fazer algo de ruim, sentiu seu coração disparar. E, voltando-se para a amiga, comentou:

— Então não temos mais nada a fazer? Vamos deixá-lo cometer um ato tresloucado e ficaremos de braços cruzados enquanto isto acontece?

— E o que você quer fazer? Ir até o apartamento dele e dizer que tivemos uma reunião espiritualista, em que descobrimos que ele está armado e prestes a cometer uma loucura? Ou ligar para a polícia e contar o que acabamos de ouvir? Acha que algum juiz vai despachar uma ordem de busca e apreensão em um apartamento, se baseando em uma reunião mediúnica? — questionou Roberto.

Silvana concluiu:

— No estágio de obsessão em que Vagner está, nada que falarmos mudará a forma de pensar dele. Só nos resta a prece com fé, que move montanhas.

Lara não respondeu, pensando que seus amigos tinham razão. O melhor a fazer era permanecer em prece por aquele por quem acreditava estar apaixonada.

Pouco depois, os convidados foram se retirando e prometeram emanar energias de amor para Vagner. Jocasta, que permanecera no local, lançou sobre eles energias benéficas na certeza de que ali todos estavam em prol do bem maior para a vida de Vagner e, consequentemente, para suas vidas, uma vez que todos nós estamos conectados.

Capítulo 12

Fernanda olhava para Marcelo, que, vulnerável à influência da moça, definhava rapidamente. Ela seguiu o rapaz à consulta médica, na qual o especialista que o acompanhava desde o início da doença cardíaca lhe informou que os imunossupressores não estavam combatendo a rejeição do órgão. Fernanda sentiu-se incomodada, afinal, não tinha nada contra aquela família, e pensou por alguns instantes em deixá-los em paz, pois assim, o jovem que, até sua chegada estava reagindo aos remédios, conseguiria seguir sua vida. No entanto, quando pensou nas palavras de Denys, ela sentiu um leve tremor percorrer sua espinha. "A culpa é de Vagner", pensou, e logo as lembranças do passado vieram-lhe à mente.

Por que a vida fora tão injusta com ela? Fernanda não fora uma pessoa má, conhecera Vagner por meio de amigos em comum, apaixonara-se por ele à primeira vista e, em seus devaneios de juventude, entregara-se àquele amor com toda a força de sua alma. Amava aquele homem com tanta intensidade que nunca parara para analisar seus defeitos — se é que um dia chegara a imaginar que ele tivesse algum.

Vagner sempre foi amoroso. O único problema para Fernanda era a beleza chamativa do noivo, que deixava as mulheres à volta dele fascinadas e a enchia de ciúmes, causando vez ou outra alguma discussão entre o casal. Ele, no entanto, alegava não ter culpa de que outras mulheres ficassem caídas por ele, e Fernanda sempre acabava concordando. O casal, então, seguia adiante. Ela acreditava no noivo e, por isso, decepcionou-se na noite em que o viu aos beijos com outra mulher. Ficara sem reação, tamanha fora a dor que sentira ao ver o homem que amava nos braços de outra. A essas lembranças, uma lágrima discreta escorreu pela face de Fernanda, que só conseguia imaginar que fora ingênua em acreditar no amor que Vagner jurara sentir por ela. Agora, ela via-se naquela situação, esperando Denys aparecer com notícias e tendo que prejudicar uma família que ela nunca vira na vida. Com esse pensamento, a moça suspirou. Intimamente, também pensava que Deus não fora bondoso com ela. Fernanda chegara a acreditar que Ele não existia, pois, se existisse, nunca a deixaria chegar ao ponto de influenciar a saúde de um de seus filhos.

Edna entrou no quarto do filho para ministrar-lhe os remédios, o que tirou Fernanda de seus pensamentos. A moça, então, começou a observar a conversa dos dois, que fluía carinhosamente. Depois, a mulher saiu dos aposentos e foi ter com o marido na copa, onde ele fazia o desjejum. Ao vê-la se aproximar, comentou:

— Passei no quarto de Marcelo mais cedo, e ele estava dormindo. Não quis acordá-lo, pois ele se sentiu muito mal na noite passada.

— Vi quando se levantou da cama na madrugada. Eu estava tão cansada que não tive forças para acompanhá-lo — comentou a mulher, sentando-se à mesa e servindo-se de uma xícara de leite morno. Depois de sorver um gole do líquido, tornou: — Você sabe que andei pensando em tudo o que aquela sensitiva me falou ontem.

— Ai, Edna, não me venha com essa paranoia. Você sabe que não acredito nessas coisas e que acho que Deus nem existe, do contrário, não passaríamos por esta situação. Sempre fomos pessoas de bem, todos os meses faço doações a instituições filantrópicas e, embora não sejamos religiosos, vivemos nossas vidas sem prejudicar os outros, o que para mim é o mais importante.

— Não sei não, Ricardo... Ela falou que deveríamos contar a verdade à polícia. Como ela sabia de nosso segredo? Quando perguntei sobre a saúde de nosso filho, ela foi taxativa quando afirmou que forças ignorantes estavam sugando as energias dele e que, se contássemos a verdade à polícia, essas forças o deixariam em paz!

Ricardo riu zombeteiro, mas, notando o semblante sério da esposa, tentou controlar o sarcasmo ao responder:

— Esses charlatões jogam com as palavras, Edna. Tenho certeza de que não foi dessa forma que ela lhe falou, mas, sim, como ela a fez pensar dessa maneira. Sei que essa história da compra de órgãos nos incomoda, mas daí eu ter de ir à polícia para contar o que aconteceu, nos sujeitando a responder a um processo e, consequentemente, nos envolver em um escândalo com direito à primeira página nos jornais já é demais. Acredite: isso não vai mudar em nada o estado de saúde de nosso filho, ao contrário! Esse escândalo o deixará ainda mais vulnerável, portanto, esqueça isso!

Ricardo levantou-se da cadeira. Ele teria um dia cheio na empresa e não estava disposto a ficar pensando em assuntos paranormais, ainda mais após a noite que passara praticamente acordado ao lado do filho. Sem mais delongas, deu um leve beijo na face da esposa, pegou o paletó e saiu, deixando Edna perdida em seus pensamentos.

Fernanda escutou toda a conversa e ficou confusa. Como o que ela estava fazendo a Marcelo poderia influenciá-la a deixar a casa? Com essa indagação, a moça aproximou-se de Edna, no intuito de descobrir o segredo que ela e o marido guardavam, mas foi em vão, pois, com suas palavras, Ricardo tivera o poder de fazer a esposa esquecer aquela história.

***

O sol insistia em passar pelas frestas da janela de Vagner, quando ele pegou a arma calibre 38 que comprara no dia anterior. Estava decidido a colocar um ponto final naquela situação. Quando, anos antes, aprendeu a manusear uma arma, ele não imaginava que um dia poderia usar uma. Ele e Fernanda tinham ido a um estande de tiros, onde, junto com um amigo da polícia, aprenderam a atirar por diversão, apenas pelo prazer de mirar e atirar de forma amadora. A essa lembrança, pensou em Fernanda. Ela estava morta e nada poderia mudar aquela realidade, contudo, Vagner acreditava que precisava limpar sua consciência, levando aquele médico para a cadeia e vingando, de alguma forma, todas as pessoas que morriam nos hospitais vítimas da ganância de profissionais de saúde que deveriam salvar vidas e não lucrarem com um comércio sórdido e ilegal como aquele.

Vagner mordeu os lábios, colocou o mesmo terno que usara no dia anterior, sem se preocupar com a calça amarrotada, pôs a arma na cintura e cobriu-a com o paletó. Na rua, fez o trajeto que lhe era conhecido, pegou o metrô para chegar ao seu destino e, quando finalmente entrou no prédio na Avenida Brigadeiro Luís Antônio, estava decidido a ir à forra. Respirando fundo, aproximou-se da sala do médico e, ao ver a secretária, ensaiou um sorriso e a cumprimentou:

— Bom dia. Preciso falar com o doutor Carlos, é urgente! A senhora se lembra de mim?

A mulher mediu-o de cima a baixo, afinal, nunca conseguiria esquecer-se daquele rosto, pois o homem à sua frente, além de muito bonito, conseguira uma consulta com o seu patrão sem ter hora marcada só por ser amigo de Roberto. A secretária lembrou-se da última visita que Roberto fizera ao primo e que resultara em uma briga horrível. A discussão fora tamanha a ponto de chegar à agressão física, o que a fez retirar da sala de espera alguns pacientes que aguardavam atendimento. Retornando de seus devaneios, a mulher reparou no estado lastimável daquele homem, que meses antes mexera com sua libido, e respondeu:

— Se não me engano, o senhor é amigo do Roberto, primo do doutor Carlos, não é isso? Já é paciente dele, correto?

— Sim, preciso urgentemente de uma consulta com ele, pois me senti muito mal na noite passada. Poderia, por favor, anunciar minha presença?

A senhora consentiu com a cabeça. Da última vez, Carlos atendera Vagner nas mesmas condições, então, ela pensou que não poderia dispensar o homem sem antes falar com seu chefe. Procurando ser gentil, apontou uma poltrona para Vagner e disse:

— Sente-se um pouco. O doutor Carlos está terminando uma consulta, e o próximo paciente dele ainda não chegou. Vou ver o que posso fazer pelo senhor.

A secretária bateu levemente na porta e, após receber autorização, entrou. Depois que a paciente, que já se levantava para deixar a sala, saiu, a mulher falou:

— Aquele amigo de seu primo Roberto está querendo se consultar com o senhor. Ele não marcou horário, mas, como foi recebido da outra vez, imaginei que...

Carlos olhou-a contrariado e, dando uma rápida olhada no relógio de pulso, interrompeu-a, dizendo:

— Deixe-o entrar!

A secretária consentiu com a cabeça e, percebendo que seu chefe ficara irritado, deixou o local abrindo o caminho para Vagner, que entrou e encostou a porta.

Carlos sentiu um frio na barriga, mas procurou disfarçar o desconforto. O médico levantou-se e, estendendo a mão para cumprimentar o paciente, falou:

— Bom dia, Vagner, em que posso ajudá-lo?

Vagner não respondeu; estava tão absorto em seus planos que rapidamente sacou a arma dizendo:

— Vamos ter uma longa conversa hoje, doutor Carlos. Acho melhor o senhor me ajudar ou não sairá vivo deste consultório.

Carlos sentiu seu sangue gelar. Vagner estava completamente perturbado e uma leve espuma branca brotou do canto de sua boca. Com as mãos para cima e tomando todo o cuidado para não fazer nenhum gesto brusco, o médico falou pausadamente:

— Acalme-se, meu amigo! Estou aqui para ajudá-lo, portanto, não precisa apontar esta arma para mim.

— Preciso sim! Agora, ligue para sua secretária e peça que cancele suas consultas, pois senão você levará um tiro antes mesmo de começar a me contar o que eu quero ouvir!

Carlos pegou o interfone e, sem tirar os olhos de Vagner, falou:

— Dona Selma, cancele todas as minhas consultas de hoje e peça ao porteiro que bloqueie a entrada de qualquer pessoa ao consultório — e, ao colocar o fone no gancho, comentou: — Pronto! Agora temos todo o tempo do mundo para conversar! Peço apenas que abaixe essa arma!

— Você acha que sou idiota? — Vagner gritou, enquanto se afastava até a porta. Sem desviar a arma do médico, chamou a secretária aos berros, fazendo a mulher correr em sua direção.

— Isto aqui é uma conversa particular, dona Selma. Tranque-se no banheiro e só saia de lá quando eu autorizar, caso contrário, a senhora poderá se ferir e muito!

Selma consentiu com a cabeça e já começava a afastar-se para entrar no lavabo, quando ele ameaçou:

— Não me faça de besta, dona Selma! A senhora vai entrar no banheiro privativo do seu chefe, que eu aposto ser muito mais amplo que aquele cubículo que ele disponibiliza para os pacientes na sala de espera!

Selma respirou fundo. Ficara claro para ela que Vagner premeditara aquela ofensiva, uma vez que observara todo o consultório. Sem responder mais nada, a mulher entrou no banheiro e trancou-se, pondo-se a rezar aos seus santos de devoção.

Vagner tirou um gravador do bolso, colocou-o sobre a mesa e fez o médico sentar-se próximo a ele. Disse em seguida:

— Agora sim! Vamos conversar tranquilamente e, dependendo de suas respostas, nada lhe acontecerá — Vagner, por fim, ligou o aparelho e perguntou:

— O senhor se lembra de Fernanda Alvarenga Sampaio?

— Não! Eu nunca ouvi esse nome!

— Vou refrescar sua memória. Há alguns meses, Fernanda sofreu um acidente na cidade de Vila Velha, no Espírito Santo, teve morte cerebral, e eu autorizei a doação de seus órgãos. Órgãos estes que o senhor e seus comparsas venderam para várias pessoas, inclusive para Lara, assistente de seu primo Roberto.

— O quê?! Desculpe-me, Vagner, mas você está delirando. Não vendi nenhum órgão para a assistente de meu primo! Aliás, comércio de órgãos é ilegal, e eu nunca faria algo do gênero!

— Resposta errada, doutor! — berrou Vagner, fazendo Selma, que estava trancada no banheiro, estremecer de medo. Vendo que deixara o médico atordoado com seu tom, ele engatilhou a arma, apontou-a para a cabeça de Carlos e tornou: — Se me der mais uma reposta mentirosa, eu estourarei seus miolos e farei eu mesmo a retirada dos seus órgãos para doação!

Carlos respirou fundo. Vagner estava tão transtornado que não notou quando alguém, sorrateiramente, entrou na sala e aplicou-lhe algo com uma seringa. O rapaz curvou-se de dor e desmaiou em seguida. Carlos, ao vê-lo caído no chão, abriu um largo sorriso para seu salvador.

Capítulo 13

Roberto chegou ao escritório com cara de poucos amigos. Passara a noite pensando nas palavras de Silvana, acreditava piamente na espiritualidade, e seu coração dizia-lhe que algo de ruim estava prestes a acontecer a seu amigo. Quando entrou em sua sala, deparou-se com Lara que, notando as olheiras profundas na face do chefe, comentou:

— Bom dia, Roberto! Vejo que também não conseguiu dormir bem.

— Mal preguei o olho — respondeu sentando-se à mesa e jogando a pasta de qualquer jeito em cima do móvel. Após um longo suspiro, desabafou: — Sabe... eu me sinto responsável por tudo o que está acontecendo a Vagner. Se eu tivesse percebido o que se passava em seu íntimo antes, talvez tivesse aberto meu coração e teria falado a verdade para ele.

— Não se sinta culpado, afinal, o que poderia fazer? Você contaria a ele que, em um ato de desespero para ajudar sua funcionária, foi procurar ajuda de forma clandestina para conseguir viabilizar o transplante e que na verdade estava...

— Com licença.

Lara calou-se ao ver a figura de Silvana à sua frente.

Após trocar olhares significativos com a moça, Roberto fez um sinal para que Silvana entrasse e, após pedir para sua secretária trazer-lhes um café, explicou:

— Estamos falando de Vagner. Você, por acaso, tem alguma novidade para nós?

— Ainda não. Todas as vezes em que entro em contato com os amigos do astral, recebo a mesma resposta: precisamos confiar na providência divina e aguardar.

— Eu queria ter essa fé, minha amiga, mas já estou perdendo a paciência. Preciso saber se Vagner embarcou para o Espírito Santo ou se está metido em alguma enrascada! — retrucou Lara.

— Sabemos que Vagner está às voltas com espíritos ignorantes e que se deixou influenciar por tais entidades, portanto, creio que esteja em apuros. Não temos, contudo, muito o que fazer a não ser entregar o caso nas mãos de Deus, que sempre sabe o que é preciso ser feito.

— Às vezes, tenho minhas dúvidas, afinal, que Deus é esse que deixa seus filhos a mercê da sorte do livre-arbítrio? Não consigo entender como esse Deus é justo. Se somos ignorantes e passamos por todos os tipos de erros, colhendo, dessa forma, o resultado de nossos atos equivocados, não seria mais fácil recebermos ajuda dEle para seguirmos em frente sem errar? — questionou Lara.

— Primeiro, você precisa entender o que é Deus, Lara. Deus é a inteligência máxima, a causa primária de todas as coisas e não cabe a Ele o trabalho de nosso aprimoramento, e sim a nós mesmos. Nós aprendemos com nossos erros e nos transformamos em seres melhores a cada dia, a cada encarnação.

— Claro que precisamos colher o que plantamos, pois de outra maneira nunca aprenderíamos! — esclareceu Roberto, mais adepto às leis espirituais que Lara.

— Sei que deve ser assim, mas por tudo o que passei e pelo que tenho passado, acredito que devo ter sido muito ruim em uma encarnação passada. Só pode! Devo ter dançado lambada no momento em que Cristo pregava o sermão na montanha!

Os dois riram prazerosamente do comentário da amiga, e em seguida Silvana respondeu:

— O que é uma encarnação, Lara? O tempo não existe da forma como o enxergamos. Nós somos o somatório de várias encarnações. Ao longo dos séculos, fomos nos tornando o que somos hoje e, se ainda não somos perfeitos, é por pura ignorância nossa, o que para Deus é perfeitamente aceitável. Veja! Estamos muito próximos da transição planetária. Nas primeiras décadas do próximo século, ocorrerá uma mudança brusca na forma como as pessoas encaram a vida, e o aprendizado acontecerá de forma mais rápida! A vida cobrará com mais intensidade uma postura diferente das pessoas, e é nisso que se baseará a mudança do planeta, que é de provas e expiações, para a regeneração. É chegado o momento de aprendermos que todos somos um, pois tudo o que fazemos aos outros, na verdade, fazemos a nós mesmos. Cristo não pediu em vão que amássemos a Deus sobre todas as coisas e ao próximo como a nós mesmos! Ele sabia que primeiro precisávamos aprender o verdadeiro sentido do amor, que está longe de ser o amor que conhecemos, que ainda é egoísta e voltado para nossas próprias ilusões.

— Do jeito que fala até parece que não sabemos amar. Veja! Amo minha mãe, meus amigos e a vida. Não acho que isso seja pouco! — desafiou Lara.

— E não é, mas também não é o suficiente. Torno a lhe dizer: todos somos um, um só coração, um só pensamento, uma só essência divina. Se não começarmos a ver a vida e as pessoas dessa forma, teremos muitos dissabores a serem cobrados pela vida! Olhe o seu caso. Você teve uma doença cardíaca que a levou a precisar de um transplante de órgãos. Alguém desencarnou para que pudesse ter uma chance de continuar na carne e não importa quem foi essa pessoa. Você provavelmente nunca a viu na vida. Pode ter sido um mendigo, um faxineiro, uma modelo internacional ou uma atriz famosa! O que importa para você saber quem lhe enviou o coração? Faz alguma diferença saber quem foi? O amor deve ser assim também: sem distinção, pois a vida não faz separações. Se analisarmos bem, o Sol nasce todos os dias para todos. Ele não faz distinção nenhuma para brilhar e irradiar sua luz benéfica. O ar circula para todos, e assim age a vida. Somos seres ainda voltados para nosso orgulho e fazemos distinções para alimentar o ego, que não nos leva a lugar algum.

Lara ficou pensativa e, após tomar um gole de café, falou para Silvana:

— Concordo com você, mas, no caso de Vagner, onde entra tudo isso?

— Vagner é uma pessoa boa, que, no momento, está perdido. Ao menos é isso que sinto e sei que ele aprenderá muito com tudo o que está passando, assim como todos os envolvidos nessa teia que a vida armou para ensinar suas lições. — Silvana levantou-se, pediu licença e voltou para sua sala. O dia prometia ser longo, e ela tinha muito a fazer. Silvana combinara de realizar uma reunião em sua casa, no intuito de fazerem preces e vibrarem por Vagner, pois era a única forma de ajudá-lo naquele momento.

Lara tentou retornar aos seus afazeres, mas nem ela nem Roberto conseguiram se concentrar.

***

Carlos ficou aliviado quando viu Frederico, o jovem residente de medicina, entrar no consultório ao ouvir os gritos de Vagner. Com destreza, o rapaz conseguiu pensar rápido, colocar um anestésico em uma seringa e, em um gesto de coragem, avançar sobre o homem ameaçador. O golpe foi certeiro, e Vagner tombou rapidamente.

— Quando o convidei para ser meu assistente, tinha certeza de que iria me ajudar, mas nunca pensei que salvaria minha vida!

— Ora, Carlos, você sabe que pode contar comigo. Mas e agora? O que faremos com esse infeliz?

Carlos olhou para o banheiro onde Selma estava trancada e bateu na porta, avisando-lhe que tudo estava bem. Quando a mulher saiu, deu um grito ao ver o corpo de Vagner estirado no chão.

— Não se preocupe. No momento, ele está apenas dormindo e não poderá nos fazer mal algum. Só precisamos dar um jeito nele! — Frederico tornou.

—Vou chamar a polícia!

— Você não vai fazer nada. É uma ordem!

Selma respirou fundo. Os olhos de Carlos crispavam fogo, o que fez a secretária ter medo dele pela primeira vez. Frederico passou levemente a mão sobre o ombro da mulher e disse:

— Sei que acabou de passar por um momento traumatizante, mas a polícia não nos ajudará em nada. Já imaginou a repercussão negativa que causará nos pacientes deste consultório? Por acaso acha que alguém virá se consultar conosco após um escândalo como esse? Esse homem está bem. Só lhe dei um sossega-leão! — e, voltando-se para Carlos, perguntou: — Você está com a chave do consultório do doutor Renato, não está?

— Sim, estou. Desde que ele deixou o prédio, a chave está comigo, pois minha intenção é alugar a sala que era dele para aumentar o consultório. Mas por que está me perguntando isso?

— Bem... quando fui lá, vi uma maca.

Carlos sorriu. Seu assistente era frio e pensava rápido em momentos decisivos. Sem mais comentários, pegou a chave na gaveta e foi abrir o consultório. Como não havia ninguém no corredor, voltou para dentro e ordenou a Selma que vigiasse a passagem. Pouco depois, Vagner, inconsciente, foi colocado na maca e amarrado a ela pelos médicos, que voltaram ao consultório e trataram de fazer o dia transcorrer normalmente para não levantarem suspeitas.

***

A tarde passou arrastada no escritório de Roberto até a recepcionista anunciar a presença de Guilherme. Roberto sentiu suas pernas tremerem, mas procurou ocultar o que se passava em seu íntimo. Ele estendeu a mão para cumprimentar o investigador e esboçou um sorriso que não enganou nem a si mesmo:

— Como tem passado, investigador? A que devo a honra de sua visita!

— Estou bem, graças a Deus! Posso me sentar?

— Que indelicadeza a minha! Desculpe-me, por favor. — Roberto indicou a cadeira à sua frente.

Lara ia saindo, quando o investigador a impediu dizendo:

— A conversa que vim ter hoje se estende à senhorita também, dona Lara.

Lara não respondeu. O coração da jovem batia acelerado e parecia querer saltar pela boca e voltar ao corpo em que ele habitara anteriormente. Na certa, acontecera algo de grave com Vagner, e, só de pensar que ele pudesse estar mal, a moça sentiu vontade de chorar. Guilherme, ao vê-los concentrados em sua fisionomia, foi logo dizendo:

— Não sei se sabem, mas Vagner comprou uma passagem para o Espírito Santo com saída prevista para o meio-dia. Ele, no entanto, não embarcou no avião.

Lara abriu e fechou a boca. As suspeitas de que Vagner estava em perigo haviam sido confirmadas naquele momento. Roberto, contudo, procurou manter o sangue frio enquanto falava:

— Vai ver ele decidiu ficar em São Paulo. Vagner deve estar na casa dele neste momento. Já procurou por ele lá?

— Sim, já o procuramos em todos os lugares possíveis, inclusive saímos há pouco do consultório de seu primo, o doutor Carlos. Vagner foi visto entrando lá pela manhã.

Roberto não aguentou a pressão e começou a tremer. Estava na cara que Carlos estava envolvido até o pescoço naquela história. Guilherme, não querendo dar tempo para ele pensar, tornou:

— Algo me diz que seu primo se meteu em muitas encrencas, e que você sabe muito mais do que diz, Roberto. Ontem, quando Vagner nos procurou, notei que ele estava muito perturbado e que poderia tentar algo contra seu primo, mas tudo indica que: ou ele desistiu desses planos ou os planos deram errado, e seu primo saiu vitorioso nesta história. Carlos é um médico renomado, trata várias autoridades públicas e, por mais que tentemos, não conseguiremos nada sem provas. Então, para pedirmos uma ordem de busca e apreensão, precisamos de provas substanciais contra ele, do contrário, ficaremos em maus lençóis. Por essa razão, pensei em vir procurá-los, pois algo me diz que vocês podem dar um basta nele indo até a delegacia e contando tudo o que sabem sobre tráfico de órgãos.

Roberto trocou olhares com Lara, que ia responder ao investigador, mas foi interrompida pelo amigo. Ele foi mais rápido e tomou a frente, respondendo:

— Não sabemos de nada...

— Não precisam me dizer nada agora; estarei na delegacia à espera do depoimento de vocês. Tudo indica que a vida de Vagner está dependendo da ajuda de vocês dois, que, se decidirem depor, nos darão as armas para agirmos rapidamente e até o encontrarmos com vida! Passar bem! — Guilherme levantou-se e deixou a sala sem olhar para trás.

Ao vê-lo sumir de suas vistas, Lara desabafou:

— Sinto que ele não estava blefando, Roberto. O que faremos agora?

Roberto não respondeu. Por alguns segundos, a mente dele voltou ao dia em que foi ao consultório do primo querendo matá-lo e da resposta que Carlos lhe dera. Roberto temia por sua família, e somente por isso não denunciou o primo para a polícia. Agora, no entanto, seu melhor amigo estava nas mãos daquela quadrilha, que ele conhecia muito bem. Em meio a essas lembranças, pegou o telefone e discou um número, enquanto Lara se sentava para observar as atitudes do amigo.

Capítulo 14

Um frio intenso percorreu o corpo de Vagner, que sentiu cada fibra do seu ser congelar. A cabeça dele rodava, e suas ideias misturavam-se. "Onde estou?", questionou-se ainda de olhos fechados e, sem conseguir fazer seus lábios pararem de tremer, abriu os olhos num rompante. Ao olhar à sua volta, gritou como um louco. Deitado em uma banheira, Vagner estava coberto de gelo. Ele tentou conectar seus pensamentos antes que o frio tomasse conta de seu cérebro e, ao apurar a visão, notou que estava em uma sala na penumbra.

— Seu rim esquerdo foi retirado! Se quiser sobreviver, terá de ir agora para o hospital!

Vagner sentiu que o ódio brotava em seu peito e acabou lembrando-se de uma história que lera e que muitos achavam se tratar de uma lenda urbana. Um homem conhecera uma mulher em uma boate e fora até o apartamento dela. Chegando lá, a mulher serviu-lhe uma bebida e o fez adormecer. Quando esse homem acordou, estava sem um rim e imerso em uma banheira cheia de gelo. Ao lado dele, haviam deixado um único bilhete pedindo que ele ligasse para a emergência. Com essa lembrança em mente, Vagner levantou-se e passou instintivamente a mão na altura dos rins, mas não havia nenhum corte. Seu algoz, vendo-o passar as mãos nas costas várias vezes para se certificar de que não haviam extraído seu rim, riu em tom de zombaria e disse:

— Você deveria saber que isso é uma lenda urbana! Devo lhe esclarecer que dessa história apenas o sentido dela deve ser levado em conta: não aceite bebidas de pessoas estranhas em uma festa e nunca saia com alguém desconhecido.

Vagner não respondeu e procurou em vão por suas roupas. Precisava sair daquele lugar, nem que para isso tivesse de matar aquele infeliz com suas próprias mãos. Ele avançou sobre o estranho, que o mantinha em cativeiro, mas o outro foi mais rápido e, com uma seringa, aplicou algo em Vagner, fazendo-o dormir novamente.

***

Edna segurava uma xícara de café e pensava em Marcelo, que definhava a cada dia. Assim como o marido, ela não acreditava em forças sobrenaturais, mas, desde que fora falar com a sensitiva, começara a repensar sobre o assunto e, embora o companheiro tivesse sido taxativo em não querer que ela se misturasse com o que ele classificava de “aquele tipo de gente”, perpassou na mente dela uma ideia.

Edna chamou a empregada e, assim que a mulher apareceu à sua frente, entregou-lhe a xícara dizendo:

— Vou falar com dona Palmira, aquela médium que você me indicou lá da Vila Isabel. Cuide de Marcelo até eu chegar.

— A senhora endoidou, foi? Seu Ricardo não quer nem ouvir falar em coisas de espíritos nesta casa. Além disso, a senhora já foi lá e sabe o que tem de fazer!

Entre lágrimas, Edna olhou para aquela mulher que a servia havia anos. Maria sempre fora mais que uma criada, e Edna sempre a tratara com respeito e nunca fora dada às formalidades com que suas amigas da alta sociedade tratavam seus funcionários. Ao contrário, ela achava que eles deviam todo o respeito a Maria e o mesmo tratamento que direcionava a qualquer outra pessoa em qualquer função.

— Não posso deixar Marcelo morrer, sem ao menos ter tentado algo! Ricardo terá que entender! Vou buscar aquela médium e trazê-la para ver meu filho. Farei o que ela me mandar fazer sem pensar nas consequências.

Maria não respondeu. Desde que ouviu a conversa de sua patroa com a médium, perguntou-se muitas vezes se ela não deveria seguir os conselhos da senhora que ajudara muitos consulentes. Com um leve sorriso, a incentivou:

— Siga seu coração, dona Edna, e eu cuidarei para que nada falte ao nosso menino enquanto estiver fora.

Edna consentiu com a cabeça, pegou as chaves do automóvel e saiu. Quando faltavam poucos minutos para o meio-dia, ela chegou à porta da casa de dona Palmira e, após bater palmas, a figura já conhecida apareceu à sua frente dizendo:

— Hoje, eu não estou atendendo o público, mas, como sabia que viria, fiquei à sua espera. Entre!

Ressabiada, Edna seguiu Palmira. Confiava em Maria e sabia que ela nunca avisaria à sensitiva sobre sua ida até lá. E, procurando ocultar aqueles pensamentos, entrou no humilde lar da mulher. Após indicar um sofá para que Edna pudesse se sentar, Palmira comentou:

— Sei que precisa de minha ajuda e que posso auxiliá-la, mas saiba que a vida é muito mais complexa do que imagina. Quando lançamos algo para o universo, ele rapidamente começa a agir para que tudo flua a nosso favor. O bem não trabalha sozinho, portanto, para que algo que você realmente deseja aconteça em sua vida, é preciso que faça o que os espíritos sugeriram da outra vez em que esteve aqui.

— Desculpe, mas não entendo. Que Deus é esse que a senhora segue que me exige algo em troca de uma graça?

— Em primeiro lugar, não é Deus e sim a vida que age da forma que precisa agir para colocar todas as coisas no lugar. Sabe... nós temos a péssima mania de achar que tudo gira em torno de nosso umbigo, e este é um dos fatores que impedem que as bênçãos divinas fluam em nossas vidas. Nós nos esquecemos de que nossas vidas estão entrelaçadas e que, para sermos felizes, precisamos realmente aprender a agir de acordo com as leis universais. Muitas vezes, quando deixamos de fazer algo de bom para alguém, deixamos também escapar a oportunidade de recebermos algo de bom, porque a vida flui de acordo com as energias que emanamos ao universo.

— A senhora quer dizer que, se eu contar a verdade sobre alguns fatos para a polícia, além de ajudar meu filho, vou ajudar também outras pessoas? É isso?

— Sim! Atitudes positivas geram positividades e se espalham para o cosmo. Como já lhe disse, somos todos um! No dia que tivermos plena consciência disso, passaremos a nos ajudar de verdade, e assim a vida ficará mais leve para todos!

Edna ficou pensativa. Estava disposta a ir à delegacia, mas, como queria entender melhor aquele mecanismo, questionou:

— Caso eu não vá à delegacia contar o que sei, o que acontecerá com meu filho?

— Não sei! Minha missão é sentir o que a vida espera das pessoas quando elas vêm à minha procura e lhes transmitir o que não conseguem enxergar por estarem às voltas com seu mundinho. Daí por diante, não cabe a mim querer saber as consequências dos atos alheios.

Vendo a jovem senhora pensativa à sua frente, Palmira pediu licença e saiu. Minutos depois, a mulher voltou pronta para seguir com ela, trazendo nas mãos um velho terço e algumas ervas dispostas com cuidado em um papel de seda.

Já passava das duas horas da tarde quando as duas mulheres entraram no apartamento. Vendo a patroa chegar com a médium, Maria foi logo dizendo:

— Doutor Ricardo veio almoçar em casa e achou estranha sua saída. Eu disse que não sabia aonde a senhora tinha ido, mas que não se preocupasse pois eu cuidaria de Marcelo. Ele, no entanto, não foi ao escritório. Neste momento, está lá com o filho.

Edna respirou profundamente, e Palmira, percebendo a aflição da mulher, orientou:

— É chegado o momento de vocês se abrirem para a espiritualidade. Seu marido não veio para casa à toa, Edna, e sim por estar maduro o suficiente para começar a aprender os verdadeiros valores da vida. Vou com Maria à cozinha buscar uma jarra de água e, enquanto isso, peço que avise a ele que estou aqui e lhe diga o que vim fazer!

Edna não respondeu. Palmira estava certa. Nunca fora dada a mentiras, e a presença de Ricardo viera a calhar. Sem mais delongas, ela entrou no quarto do filho e encontrou-o conversando com o pai, que tentava inutilmente animá-lo. Ricardo, ao ver a esposa, endereçou-lhe um olhar perscrutador e disse:

— Que bom que chegou. Preciso que me ajude a encontrar um documento que deixei em algum lugar do nosso quarto.

Edna deu um beijo no filho e, em seguida, foi com o marido até os seus aposentos. A sós com a esposa, Ricardo fechou a porta e, em um tom que procurou manter baixo para o filho não escutar, perguntou:

— Onde você esteve? Onde se viu deixar nosso filho sozinho?! E se lhe acontecesse algo ruim?

— Não deixei Marcelo sozinho e sim com Maria, que está apta a auxiliá-lo no que for necessário. Fui buscar ajuda!

— Ajuda? Que ajuda?

— Fui falar com aquela médium e a trouxe comigo!

Ricardo passou a mão na cabeça como sempre fazia quando algo não estava de seu agrado.

— Você está louca? Onde se viu trazer essa gente para dentro de nossa casa? Essa charlatã nos cobrará uma fortuna para tirar proveito da situação!

— Dona Palmira não é charlatã; ela trabalha por caridade. Além disso, sou mãe e, como tal, farei tudo para que nosso filho fique bem!

Ricardo suspirou. Conhecia aquele tipo de gente e já ouvira vários casos de pseudomédiuns que chegavam como se não quisessem nada e que, aos poucos, ganhavam a confiança das pessoas e lhe tiravam tudo. Ele, contudo, decidiu não criar caso com a esposa. Compreendia o que se passava no coração da mulher e ficaria de olhos bem abertos para as atitudes da possível cambalacheira. Não deixaria que ela lhes fizesse de bobos. Com esses pensamentos, abraçou a mulher, deu-lhe um suave beijo na testa e respondeu:

— Está bem! Não vou mais me opor a isso, mas fique sabendo que estarei atento. Se eu perceber qualquer intenção escusa vinda dessa mulher, a expulsarei daqui!

Edna abriu um sorriso e levantou-se. Pegando nas mãos do marido, foi até a copa onde encontrou Maria conversando animadamente com Palmira. Após apresentar a sensitiva ao marido, foi logo dizendo:

— Meu filho está no quarto, e, assim que a senhora estiver preparada, podemos ir!

A senhora consentiu com a cabeça, não sem antes ler o que se passava na mente de Ricardo por meio de seus olhos, que a fitavam com desconfiança. Sem dar atenção ao que ele poderia estar imaginando a seu respeito, Palmira seguiu-os.

Quando entrou no cômodo, Palmira deparou-se com um rapaz de aparência pálida e, sem delongas, fechou os olhos. A sensitiva logo viu colado ao corpo do rapaz o espírito de Fernanda, que, sem saber o que estava acontecendo, mas percebendo que a mulher podia vê-la, deu uma gargalhada. Estava tão próxima do rapaz que ele registrou os pensamentos de Fernanda e gargalhou também. Depois, mudando o tom de voz, comentou:

— Não sei o que está fazendo aqui, sua bruxa, mas vá embora! O pessoal que está comigo é poderoso!

Ricardo olhou assustado para a esposa. Edna confiava em Palmira e por isso trocou olhares com o marido, suplicando-lhe que não se envolvesse. Mantendo uma entonação suave de voz, a sensitiva respondeu:

— Que poderes você acha que tem? Por acaso acredita mesmo que é melhor que Deus?

— Deus? Não me faça rir! Ele não existe, do contrário, eu não estaria nesta situação.

— Que situação? A de vítima, coitadinha, que foi enganada pelo noivo e desencarnou em um acidente de carro, tendo seus órgãos roubados e entregues a outras pessoas? É neste contexto que você se encontra?

Fernanda olhou estupefata para a mulher, mas não notou a presença do espírito benevolente de Jocasta, que a seguia desde seu desencarne e intuía a médium naquele momento. A moça parou por um segundo para meditar e levantou-se, fazendo o rapaz repetir seus gestos enquanto andava de um canto a outro do quarto.

Ricardo, apreensivo pelo que estava acontecendo diante de seus olhos, tentou aproximar-se do filho, mas a senhora fez-lhe um gesto com a mão repelindo-o.

— Sim! Por tudo isso que acabou de dizer! Eu sou vítima, e todos terão de pagar pelo que me fizeram!

— Todos quem? Seu noivo? Os que receberam seus órgãos? E esse rapaz? A propósito, que mal ele lhe fez para que esteja aqui o obsidiando?

Fernanda parou de andar. Muitas vezes, questionara-se sobre ter se metido com aquela família que nenhum mal lhe fizera, mas não podia voltar atrás, pois estava pagando o favor que Denys estava lhe prestando. Àquela hora, Vagner certamente estava deixando o corpo físico para ficar ao seu lado no astral, e isso era o que importava para ela.

Lendo os pensamentos de Fernanda, Jocasta respondeu através de Palmira:

— A vida age a favor de todos. Não cai uma folha de uma árvore sem que Deus assim permita, portanto, Vagner somente passará pelas experiências que forem necessárias ao seu adiantamento espiritual, nada além disso. Nem você nem seus amigos equivocados farão nada contra ele. Agora, olhe para você e veja o estado em que se encontra. Acha mesmo que fazer justiça com as próprias mãos mudará alguma coisa em sua vida?

Fernanda calou-se, sem conseguir entender por que aquela senhora mexia tanto com seu íntimo. Por alguns segundos, lembrou-se de sua infância, da vida feliz que levara no Espírito Santo, do encontro com Vagner e do romance que vivera com ele até o dia de seu desencarne. Fora feliz, mas talvez não como desejasse, afinal, era uma mulher jovem, com uma carreira brilhante e uma vida toda pela frente e nunca imaginara que pudesse desencarnar daquela forma. Também jamais imaginara que, mesmo depois de morta, ainda continuasse viva, circulando entre os encarnados. A essa constatação, baixou um pouco a guarda.

Percebendo um momento de fraqueza da jovem, Jocasta revelou-se para surpresa de Fernanda que, ao vê-la, a mediu de cima a baixo e disse:

— Não sei por que ainda insiste em me levar daqui!

— Eu não insisto; simplesmente estou tentando ajudá-la a enxergar a vida por outro ponto de vista. Veja! Se você deixar de lado o vitimismo, perceberá que tudo está certo e que a vida trabalha a favor do bem, do avanço moral, intelectual e espiritual, portanto, aquilo que você acredita ser injustiça é na verdade o universo movendo-se a seu favor.

Fernanda deixou uma discreta lágrima escorrer por sua face. Estava cansada, não aguentava mais viver naquelas condições, mas também não podia abandonar tudo. Jocasta fechou os olhos e fez uma sentida prece, pedindo à misericórdia divina que intercedesse a favor da moça e de todos que estavam naquele local. Pouco depois, uma chuva de luzes douradas começou a cair no ambiente, fazendo todos experimentarem uma gostosa sensação de bem-estar. Fernanda experimentou uma energia revigorante cair sobre seu corpo perispiritual e provocar-lhe uma sensação de leveza e harmonia nunca antes experimentada. A moça olhou para Jocasta e, com lágrimas nos olhos, comentou:

— Sei que não sou digna de acompanhá-la, mas tenha misericórdia de minha alma!

— Não sou ninguém para condená-la. Se estiver arrependida, venha comigo. Vou levá-la até Vagner, e depois você poderá escolher seu destino. Agora, deixemos essa família em paz!

Fernanda consentiu com a cabeça e, após um leve suspiro, que foi ouvido por todos, afastou-se de

Marcelo, deixando o local. Se não fosse a agilidade de Ricardo, o filho teria caído no chão.

Vendo o marido colocar o filho na cama ainda desmaiado, Edna voltou-se para Palmira e disse:

— Não estou entendendo o que está acontecendo aqui, mas ajude meu filho! Eu lhe imploro!

A senhora nada respondeu e, enquanto fazia algumas orações, passou algumas ervas pelo corpo do jovem. Marcelo tremia de vez em quando e, assim que a mulher terminou de benzê-lo, o jovem abriu os olhos. Voltando-se para os três, ele abriu um sorriso e disse:

— Não sei o que aconteceu aqui, mas estou com uma fome de leão!

Os três riram prazerosamente, e Edna, feliz ao ver que o semblante de seu filho estava bem melhor, apresentou-o à senhora e explicou-lhe em poucas palavras o motivo pelo qual ela estava ali. Pouco depois, todos seguiram para a copa, onde Maria preparara lanches para todos.

Edna, notando que Palmira conversava animadamente com Maria e com Marcelo, chamou o marido para o quarto, onde lhe contou o que prometera à senhora, fazendo-o, mesmo receoso, retornar à copa e pronunciar:

— Não sei o que seria de nós sem sua ajuda, dona Palmira. Não entendi nada do que aconteceu aqui, mas sinto que esta casa está com alguma coisa diferente no ar. Então, lhe prometo que, daqui por diante, tentarei compreender melhor a espiritualidade.

E, para começar, farei o que Edna prometeu à senhora nesta manhã!

Palmira consentiu com a cabeça e decidiu despedir-se de todos. Queria ir embora de ônibus, mas Edna fez questão de levar a senhora para casa. Logo depois, ela e o marido seguiram para a delegacia e prestaram depoimento.

Capítulo 15

Roberto deixou o escritório em companhia de Lara, após ligar para seu advogado e pedir que o esperasse à porta da delegacia. Findava a tarde, e ele tinha pressa, afinal, se aquele investigador estivesse certo, Vagner provavelmente estava correndo risco de morte, e ele não iria se perdoar se algo de ruim acontecesse ao amigo. Quando se envolveu com aquela quadrilha, Roberto não imaginou que estava colocando em risco a vida daqueles que amava.

Com determinação, Roberto desceu do veículo e cumprimentou o advogado. Ao entrarem no distrito policial, os dois homens foram à procura de Guilherme, que, ao vê-los, os conduziu à sua sala.

O investigador esperou que os três se acomodassem e, voltando-se para Roberto, afirmou:

— Eu tinha certeza de que iriam nos ajudar. O tempo urge, e eu sei que Vagner ainda está naquele prédio da Avenida Brigadeiro Luís Antônio. Deixei dois de nossos homens vigiando o local, mas preciso de um depoimento que incrimine seu primo para pedir um mandado de busca e apreensão no prédio. Como havia lhe dito, se quiser salvar seu amigo, é melhor ser rápido!

Roberto trocou olhares com o advogado, que o encorajou a falar. Após respirar profundamente, ele começou sua narrativa contando sobre a descoberta da doença de Lara, a agonia que todos passaram enquanto ela esperava um transplante, seu envolvimento com aquela quadrilha organizada e finalizou com riqueza de detalhes o trato que fizera com eles. Lara também contou sua versão dos fatos, enquanto Guilherme ouvia tudo atentamente e o escrivão registrava os depoimentos. Quando começaram a imprimir o depoimento para que Roberto e Lara lessem os papéis e os assinassem, outro investigador chamou Guilherme, fazendo-o sair da sala.

Enquanto seu advogado lia o depoimento, Roberto mantinha-se apreensivo. E de repente, foram interrompidos por Guilherme:

— Não sei em que vocês acreditam, mas hoje está se operando um verdadeiro milagre aqui. A polícia do Rio de Janeiro recebeu há pouco o depoimento de um casal e neste momento está indo a alguns consultórios do estado para apreender materiais que possam ser provas contra essa quadrilha. E, depois do depoimento de vocês, será nossa vez de iniciar a operação!

— Tudo o que queremos é ver Vagner são e salvo, investigador! — respondeu Roberto, sentindo o peso que seu depoimento tivera para prender seu primo e os comparsas dele.

Guilherme, após se certificar de que todas as folhas haviam sido assinadas, entregou o depoimento para o delegado, que se comprometeu a tomar as providências com o promotor. Voltando-se para os três, ele explicou:

— Os depoimentos serão analisados pela promotoria, que determinará as aplicações cabíveis da lei. Obviamente, os depoimentos espontâneos de vocês e a ajuda que estão nos prestando serão levados em conta tanto pela promotoria quanto pelo juiz responsável pela sentença. Podem voltar para casa agora. Assim que tivermos notícias sobre o paradeiro de Vagner, prometo ligar para avisá-los.

Os três se despediram do investigador e saíram da delegacia. A sós com o amigo no veículo, Lara colocou o cinto de segurança e disse:

— Lamento que esteja passando por isso, sei que a culpa é minha...

— Psiu! — interrompeu Roberto, colocando o dedo indicador nos lábios da moça e dizendo em seguida:

— Eu fiz o que achei ser o certo na época e não pensei em nada. Fui soberbo a ponto de acreditar que meu dinheiro pudesse comprar sua vida e, com isso, além do prejuízo que tive, ainda aprendi que é a vida que decide o que é melhor para cada um! Não é hora de pensar em mim e nas consequências dos meus atos, e sim em Vagner, que deve estar precisando de nossa ajuda. Vamos para a casa de Silvana para aguardarmos as notícias do investigador.

Lara concordou com um aceno de cabeça e, sem mais comentários, mergulhou em seus pensamentos.

***

— Acorde! Vamos!

Vagner abriu os olhos e notou que continuava naquela sala mergulhada em penumbra. Por alguns segundos, ele achou que estava sonhando, mas o dono da voz que o chamava se aproximou segurando um bisturi. Quando viu o homem com a máscara cirúrgica apontando o instrumento para seu peito, Vagner tentou se levantar, mas estava amarrado à maca e mal conseguia se mexer. Seu algoz, vendo-o se debater em vão, deu uma risada e comentou:

— Esta lenda urbana tem mais a ver com filme de terror. Um dia, um grupo de jovens resolve fazer um passeio a uma praia deserta, lá se perdem e vão parar em uma bela casa, que, misteriosamente, está aberta. O que eles não imaginam é que essa casa é, na verdade, uma armadilha de traficantes de órgãos para capturar pessoas com o intuito de matá-las e de lhes tirar todos os órgãos vitais, que são levados em jatinhos particulares para compradores endinheirados, que acabam pagando uma fortuna por um rim no mercado negro. A maior parte das extrações é feita sem anestesiar a vítima, e é exatamente o que vou fazer agora!

— Por que você está me torturando? Já não basta o que fizeram com Fernanda? Sei que não sairei daqui com vida, então, me mate logo e pare com essa tortura!

— Você acha mesmo que vou facilitar as coisas para você? Eu acredito que na escola você tenha estudado a história da escravidão... Consegue imaginar o que um escravo sofria nas mãos de seus senhores?

— Do que está falando? Eu não tenho nada a ver com o que acontecia no período escravagista.

— Será? — ao dizer isso, o homem pegou o bisturi e lentamente começou a cortar a pele de Vagner, que, em um grito extremo de dor, viu a figura de Fernanda. A moça acabara de entrar no local acompanhada de Jocasta. Tentando levantar a cabeça, ele balbuciou:

— Sei que você veio me buscar, Fernanda. Me perdoe! — E com essas palavras, Vagner fechou os olhos.

***

Pelas ruas da cidade, Guilherme dirigia a viatura de polícia com a sirene ligada, tentando passar pelos carros no trânsito, que estava caótico àquela hora devido à chuva que começava a cair e ao horário de *rush*. Quando chegou à porta do prédio, o investigador deparou-se com um grupo que deixava o local. Ele olhou à sua volta para ver se encontrava os policiais que haviam ficado à espreita e à espera de algum ato suspeito de Carlos, que permanecia no prédio. Imediatamente, Guilherme identificou o rosto conhecido de seu parceiro, que se aproximou dizendo:

— Doutor Carlos e o assistente continuam no prédio, mas, aparentemente, a sala dele está fechada. Você trouxe o mandado de busca e apreensão?

— Sim. Depois do depoimento de Roberto, o juiz não pôde negar o documento, e, como imaginei que eles pudessem ter outra sala no edifício, já pedi um mandado para todo o prédio! Vamos!

Guilherme chamou os policiais e deu-lhes ordens para entrarem no prédio com cautela, afinal, qualquer reação brusca poderia significar a morte de Vagner. E assim passaram pela portaria e mostraram o ofício ao porteiro, que autorizou a entrada da equipe sem objeção. Guilherme, após interrogar o funcionário, descobriu que Carlos possuía a chave do consultório ao lado do seu e, de forma cautelosa, caminhou até lá.

***

Caía uma fina garoa, quando Roberto estacionou o carro à porta do prédio de Silvana. Lara desceu do veículo rapidamente e correu para um local coberto, enquanto esperava seu amigo fechar o carro. Depois de serem anunciados pelo porteiro, em poucos minutos foram recebidos por Silvana no *hall.*

— Os rapazes ligaram, eles já estão chegando. Antes, no entanto, gostaria de saber por que vocês saíram correndo do escritório, se é que não estou sendo bisbilhoteira demais!

— Não, Silvana, você não está sendo bisbilhoteira! Acho que chegou mesmo a hora de todos saberem a verdade, principalmente você, que tanto tem nos ajudado com seus bons conselhos! — respondeu Roberto, seguindo a moça até a sala.

Após se acomodar confortavelmente no sofá e aguardar que todos fizessem o mesmo, Roberto iniciou:

— Quando Lara ficou impossibilitada de trabalhar e sua doença se agravou, eu fiquei desesperado, pois sempre a tive como uma filha do coração. Sem saber o que fazer, fui pedir ajuda ao meu primo, afinal, ele era cardiologista e poderia me dar uma direção para que eu pudesse auxiliar Lara e seus familiares...

Roberto continuou relatando tudo o que acontecera, enquanto Silvana ouvia atentamente a narrativa. Quando ele finalmente terminou de falar, ela comentou:

— Sei que agiu de forma errada, mas, como você mesmo mencionou, está ciente de seus erros e aprendeu que não deve usar de meios obscuros para conseguir algo.

Lara ia comentar algo, quando a campainha soou. Eram os dois rapazes que chegavam para se juntarem ao grupo naquela noite. Após receber os dois, Silvana convidou a todos para se sentarem à mesa e permaneceram em prece, pedindo à providência divina e aos bons espíritos que auxiliassem a todos os envolvidos naquele caso.

Capítulo 16

— Fernanda, o que está fazendo aqui? Quem lhe deu ordens para sair de perto de Marcelo, sua cretina?

Fernanda respirou fundo. Ainda estava confusa, mas tinha certeza de que o que estava fazendo com Vagner e com aquela família não era correto. Jocasta não podia ser vista por Denys, pois vibrava em outra sintonia. Naquele momento, então, a conversa era somente entre Fernanda e Denys.

Sabendo da presença daquele espírito amigo, Fernanda sentia-se mais segura para chamar Denys à razão e, procurando manter um tom sereno na voz, respondeu:

— Saí da casa de Marcelo, pois revi meus conceitos e cheguei à conclusão de que não estava agindo corretamente com aquela família.

Denys deu uma risada sarcástica e, com os olhos crispando fogo, comentou:

— Depois de tudo o que eu fiz, você decidiu virar santa?! — Com essas palavras, Denys voltou-se para

Vagner, que não suportava mais a tortura e tentava a todo custo fixar seu perispírito na matéria.

— Deixe-o em paz, Denys! Eu não quero mais vingança, portanto, você não precisa continuar a torturá-lo!

Denys sentiu seu sangue ferver. Já estava cansado de aturar Fernanda e de fingir ser seu amigo, quando sua vontade, desde o início, era se livrar dela. Ele só não o fizera, porque sabia que Fernanda era uma peça importante em seu plano de vingança contra todas aquelas pessoas. Mas agora, diante da rebeldia da moça e percebendo que ela estava decidida a não cooperar com o caso de Marcelo, deixou sua fúria extravasar. Jogando todo o seu ódio para cima da moça, ele lançou a Fernanda energias pesadas que logo se materializaram e começaram a subir pelo corpo da moça, formando uma espécie de laço que começou a apertá-la. Vendo que ela estava impossibilitada de fugir, berrou:

— Sua estúpida! Acha mesmo que eu perderia meu tempo com Vagner só para satisfazer um capricho seu? Poupe-me de sua ignorância, cretina! Você não mudou nada! E, agora, farei o que tinha preparado para você! Não se esqueça de que selou um pacto comigo e, onde moro, tenho total liberdade para cobrar o que me devem, portanto, você será minha escrava de hoje em diante e pagará por todo o mal que me fez!

Sem entender nada do que ele dizia, Fernanda sentia aquelas energias apertarem seu corpo a ponto de fazê-la sufocar. A moça, então, olhou para Jocasta, que, com o olhar calmo, a tranquilizou e quebrou as amarras que a mantinham presa. Denys não acreditou no que viu, e o espírito de Jocasta ficou visível para ele.

— Fernanda é livre para escolher seu destino, e ela escolheu o caminho do aprendizado. Por que não faz o mesmo, Denys?

— Você? Tinha de ser você de novo! Maldita! Mil vezes maldita!

— De novo e quantas vezes forem necessárias até você entender que o ódio não o levará a lugar algum. Por que não esquece essa raiva e esse sentimento de vingança que não o deixa crescer, evoluir?

— Não me faça rir! Desde quando essa cretina que está do seu lado evoluiu? Não vê onde ela veio parar de novo? Em minhas mãos! Sabe por quê? Porque ela não mudou nada e continua a mesma de sempre: falsa, presunçosa e vingativa!

— Somos espíritos em constante evolução, Denys. Nós não mudamos muito de uma encarnação para outra, mas o pouco que conseguimos já é benéfico e válido para Deus. Fernanda mudou sim e pagou seu débito de consciência, quando deixou a carne de forma abrupta. Tenho certeza de que ela reavaliará suas atitudes e mudará ainda mais em uma próxima oportunidade na matéria, assim como você o fará um dia! Quanto a Vagner, deixe-o em paz. Não vê que já conseguiu seu intuito? Agora é ele quem deve decidir se deixará a matéria ou não! Eu ficarei aqui para me certificar de que não o influenciará!

Denys calou-se; já conhecia aquele espírito o suficiente para saber que não teria forças para lutar contra ele. Jocasta estava certa. Não tinha mais nada a fazer a não ser aguardar.

Ele decidiu deixar o local e afastar-se das duas mulheres, mas não sem antes pensar que elas não perdiam por esperar sua vingança. Fernanda, ao vê-lo sair, abraçou a amiga e disse:

—Obrigada, Jocasta. Não sei o que seria de mim sem sua ajuda. Tinha aprendido a gostar de Denys e não imaginava que ele pudesse me odiar tanto.

— O amor e o ódio são duas faces de uma mesma moeda, minha querida. Quando se lembrar de suas encarnações anteriores, entenderá o que se passa entre vocês e perceberá que a vida entrelaça as pessoas numa teia criada por elas mesmas por meio de pensamentos, sentimentos e atitudes equivocadas! Agora, vamos esquecer por um momento nossos dramas íntimos e elevar nossos pensamentos a Deus para ajudar Vagner a superar este momento de sua vida!

Fernanda consentiu com a cabeça e, junto com Jocasta, elevou seus pensamentos a Deus pedindo que Ele intercedesse a favor de seu ex-noivo.

***

Guilherme aproximou-se da porta do consultório. Vozes abafadas denunciavam que algo de grave acontecia lá dentro. Com o intuito de render os malfeitores, fez um sinal com a cabeça para os policiais ficarem atentos. O investigador bateu na porta com força e anunciou-se. Ao escutar a voz do policial, Carlos voltou-se para o assistente e ordenou:

— Abra a porta. Já não temos mais o que fazer!

Carlos olhou para Vagner, que delirava. Ele acabara de ter uma parada cardíaca, que fora controlada com sucesso pelo médico, mas, se não fosse levado a um hospital, Vagner logo teria a segunda parada, o que poderia levá-lo a óbito.

O médico já ia medir novamente a pulsação do rapaz, quando Guilherme, junto com alguns policiais, entrou na sala com a arma em riste e gritou:

— Afaste-se dele e ponha as mãos para cima! Vocês estão presos!

Carlos respirou fundo. Precisava saber quais eram as acusações do investigador para não se incriminar à toa, mas, diante do quadro de Vagner, voltou-se para Guilherme com as mãos para cima e, tentando manter-se calmo, respondeu:

— Ok... farei tudo o que me mandarem fazer, mas já lhes adianto que a vida deste homem está por um fio. Essa manhã, ele entrou em meu consultório com uma arma de fogo nas mãos e tentou nos matar. Minha secretária pode confirmar essa versão. Meu assistente conseguiu aplicar-lhe um sedativo, e a princípio ele adormeceu, mas deve ter tido algum tipo de reação alérgica a algum composto da droga, pois teve uma parada cardíaca há pouco. Se este não receber cuidados médicos, este homem poderá morrer!

O investigador olhou para os médicos e estava claro que eles não conseguiriam fugir. Não querendo prejudicar Vagner, respondeu:

— Vamos chamar uma ambulância, e, enquanto isso, vocês estão liberados para cuidar dele.

Guilherme trocou algumas palavras com um dos policiais, que saiu rapidamente para chamar uma ambulância, enquanto os dois médicos mediam a pulsação de Vagner. Quando todos acreditavam que o estado dele estava controlado, uma nova parada cardíaca fez Carlos e Frederico realizarem uma nova reanimação. O corpo astral de Vagner flutuou e ele viu Fernanda e Jocasta. Estava confuso e exclamou:

— Meu Deus... Fernanda! Eu... eu estou morto!

— O espírito é eterno, meu amigo. O que morre é o corpo físico. Você ainda continua ligado ao corpo e a escolha é sua! — respondeu Jocasta. E, após passar levemente as mãos pela face do rapaz, tornou: — Vou deixá-lo conversar com Fernanda. Abra seu coração, e aproveitem esta oportunidade que a vida está lhes dando.

Fernanda olhou para Jocasta com gratidão. A mente da moça estava confusa, pois ela tivera de lidar com muitos acontecimentos. Fernanda ainda não conseguira absorver tudo o que fizera desde seu desencarne, mas de uma coisa tinha certeza: estava cansada, precisava se resolver com Vagner e seguir seu caminho. Tinha sua parcela de culpa em tudo o que estava acontecendo e, com uma lágrima nos olhos, comentou:

— Sinto muito por tudo o que está lhe acontecendo!

— Não! Você não teve culpa de nada, ao contrário. Aquela mulher me beijou à força na noite de seu acidente, e eu fui o responsável por convencer seus pais a doarem seus órgãos! Eu não sabia o que estava fazendo, mas agora eles vão pagar pelo que nos fizeram. É isso o que importa!

— Não, Vagner! Pare de cultivar o desejo de vingança em seu coração, pois foi esse sentimento que o ligou a mim e a Denys! Veja! Estamos vivos em um corpo menos denso, porém, parecido ao que usávamos na matéria. A vida segue seu curso natural, e cada um de nós segue seu destino, portanto, se perdoe, assim como estou tentando me perdoar. Hoje, com a ajuda de Jocasta, descobri que esse é o caminho para a tão sonhada paz interior e para nossa evolução espiritual.

Vagner ficou pensativo e lembrou-se do dia do acidente e do beijo que recebera de outra mulher, gerando, assim, a reação intempestiva de Fernanda. Recordou-se também de sua atitude após a morte da noiva, que acabou fazendo o bem por meio da doação de seus órgãos. Vagner percebeu que ajudara muitas pessoas a seguirem sua jornada na Terra, e se os meios não haviam sido tão corretos, o que ele tinha com isso? Sentiu-se aliviado e, vendo Fernanda à sua frente, abraçou-a. Juntos, os dois deram vazão a um choro de quem cometera erros, equívocos, mas de quem estava também tentando encontrar o caminho certo e acreditava que a vida trataria de elucidar todos os questionamentos.

Ao vê-los abraçados, Jocasta sorriu e agradeceu a Deus pela oportunidade oferecida para aquele casal que, havia várias encarnações, cometiam erros semelhantes. E por falar em encarnações passadas, chegou a hora de voltarmos à última encarnação desses personagens para entendermos um pouco o desfecho que a vida proporcionou para cada um deles.

Capítulo 17

Dois anos se passaram desde o fatídico dia em que, vítima de um infarto fulminante, Carmem desencarnou. Pouco tempo depois, Renata deu à luz um lindo menino, mas nem a vinda da criança ao mundo conseguiu devolver a alegria ao sogro da moça, que, desgostoso com a perda da esposa, foi perdendo a vontade de viver e acabou desencarnando.

Clarice ajudava a cozinheira, quando Renata apareceu na cozinha e, com apenas um olhar, chamou a criada para seus aposentos. Após se deitar na cama, esclareceu:

— Amanhã cedo, nós duas iremos à vila e de lá faremos uma visita para aquela velha bruxa!

Clarice arregalou os olhos, pois as palavras da velha ainda permaneciam vivas em sua memória. Renata, vendo-a tremer, tornou:

— Deixe de ser medrosa! Preciso que ela me faça mais uma poção daquela.

— Não sei não, sinhá... aquela velha é perigosa. Além disso, a sinhá já conseguiu se livrar daquele urubu. Pra quê quer outra poção?

Um brilho passou pelos olhos de Renata, que não respondeu à mucama de confiança, e com um gesto de mãos a dispensou.

Renata não confiava nas paredes daquela casa e pensava que seria melhor deixar para falar com a negrinha a caminho da cabana, pois assim ninguém ouviria seus planos. No final da tarde, a moça deixou o pequeno Ricardo com a ama de leite. Augusto estava viajando e só retornaria na noite do dia seguinte, quando ela serviria um jantar especial para comemorar seu regresso após uma semana na capital do império. Com esses pensamentos, Renata chegou a uma bela cachoeira, localizada na propriedade do casal, e andou pela pequena corredeira formada até chegar a um ponto onde as pedras escondiam a queda d'água e de onde ninguém podia passar sem ser notado por ela. Ao avistar um jovem negro, aproximou-se:

— Ainda bem que Augusto está viajando pela capital do Império, assim podemos nos encontrar sem preocupações!

Pedro não respondeu, pois não era dado a conversas. Seguia seus instintos e, desde que a sinhá lhe dera confiança, não fazia outra coisa além de esperar o momento para estar ao lado dela, sentir seu perfume suave e tê-la em seus braços. Como já lhe era de costume, o escravo agarrou a moça com força e deu-lhe um beijo ardente, o que a deixou sem fôlego. Quando finalmente se afastaram, ela comentou:

— Vamos ficar juntos para sempre, meu amor. Eu lhe prometo!

— A sinhá está delirando. Nunca poderemos ficar juntos!

— Tenho um plano para me livrar de Augusto de uma vez por todas, e, então, seremos somente nós dois!

Pedro meneou a cabeça. Estava tão apaixonado que não quis ouvir mais nada. O escravo enlaçou a moça em seus braços carinhosamente e deitou-a no chão, onde se amaram com sofreguidão.

No caminho de volta, Renata pôs-se a pensar em sua vida e na primeira vez que, meses antes, encontrou Pedro naquela mesma cachoeira. Estava passeando com o filho, quando se deparou com o negro bebendo água. Ele ficara assustado, temendo a reação da sinhazinha, que se aproximou para conversar com ele. Renata já o tinha visto nas dependências da senzala, mas nunca chegara perto o suficiente para notar a beleza daquele belo exemplar da raça africana. E, quando tocou a mão de Pedro, sentiu um frenesi, uma vontade de se deitar nos braços másculos daquele homem, tão diferentes dos de Augusto que, além de não ser de seu agrado, ainda a traía com as negras.

Renata acreditava que possuía os mesmos direitos do marido, então, envolveu o jovem escravo em suas artimanhas e entregou-se a ele naquela mesma tarde, passando a procurá-lo sempre no final do dia, momento em que Augusto se ausentava da fazenda.

Tudo transcorria perfeitamente. Augusto já quase não procurava a esposa intimamente, pois estava cada vez mais envolvido com uma escrava. Renata não quis saber quem era a amante do marido, afinal, possuía também seu escravo particular e queria mais que o marido ficasse com as negrinhas para poupá-la de suas carícias.

Em pouco tempo, no entanto, o pior aconteceu: as regras de Renata atrasaram, e ela descobriu que estava grávida. Com a certeza de quem era o pai daquela criança, a moça teceu um plano macabro, que seria colocado em prática no dia seguinte com a ajuda de Clarice, em quem confiava cegamente.

Mal amanhecera, e as duas já estavam na estrada. Renata colocou a mucama a par de seus planos, o que fez a escrava tremer dos pés a cabeça e tentar a todo custo demover a sinhá de seus intentos. Tudo, no entanto, foi em vão.

Quando chegaram à casa da velha curandeira, foram recebidas pela senhora que, após se inteirar do que Renata queria, pediu às duas mulheres que a aguardassem e voltou pouco depois trazendo consigo um frasco. Desta vez, no entanto, a curandeira não teceu nenhum comentário, limitando-se a receber o pagamento pela mercadoria e voltar aos seus afazeres.

***

O sol começava a deixar o céu, quando Augusto chegou em casa e foi recebido pela esposa, que, como sempre fazia quando o marido voltava de suas viagens, lhe preparou um banho. Clarice, vendo a sinhá sozinha, aproximou-se dizendo entre sussurros:

— O jantar está quase pronto, sinhá, e o licor de jabuticaba já está separado para ser servido após a refeição.

— Ótimo, Clarice! Agora vá e tente não cometer nenhum erro!

— Pode deixar, sinhazinha! O jantar será perfeito!

Renata respirou profundamente, foi até os aposentos do esposo para se certificar de que tudo estava a seu gosto e ajudou-o a se vestir, enquanto ouvia seus relatos sobre a abolição que ganhava força a cada dia e que, segundo ele, estava prestes a acontecer no país.

— O jantar está pronto, senhor meu marido. Posso pedir para as criadas servirem a comida? — questionou Renata, sentindo-se cansada daquela ladainha que conhecia muito bem. Ele concordou com um leve aceno de cabeça.

Renata mandara preparar os pratos preferidos do marido, que aprovou a comida. Em seguida, pediu a Clarice que servisse o licor na sala. Renata fingia interesse na conversa do esposo, que voltou a falar mal de seu sogro, por ele apoiar a abolição.

Clarice entrou na sala, pediu licença e entregou um cálice de licor para Augusto e outro para Renata, que esperou o marido tomar a bebida para comentar:

— Este licor está divino! Foi preparado como a finada minha sogra gostava, não acha?

— Está sim! Está do jeito que mamãe fazia!

Renata levantou o cálice levemente e, com um sorriso, tomou todo o líquido. Quando foi comentar algo, sentiu sua garganta fechar e seu coração bater descompassado. Ela, então, deu um grito horrendo de dor e caiu no chão. Augusto, vendo a mulher passando mal, tentou reanimá-la, mas os órgãos vitais de Renata pararam de funcionar. Clarice e os outros negros da casa correram até a sala e depararam-se com a senhora da casa imóvel no chão.

O funeral foi realizado na igreja da cidade. Os restos mortais de Renata foram sepultados com pesar por seus pais que, como todos os outros, acreditaram no que o médico atestara: uma parada cardíaca provocada por fortes emoções provavelmente causadas pela gestação que se iniciava e da qual ninguém ainda tinha conhecimento.

Os meses passaram-se rapidamente. Clarice andava de cabeça erguida pela fazenda, quando foi abordada por Pedro, que a pegou de surpresa e a levou para um canto. Em seguida, falou colérico:

— Sua desgraçada, eu sei o que você fez! Como pôde trair a confiança de sua sinhá? Mas agora tudo ficou claro para mim! É você quem está dormindo com ele!

Clarice empalideceu. Não imaginava que alguém pudesse saber do seu segredo, ainda mais Pedro, um negro que vivia nas minas.

— O que você está dizendo, seu negro imundo? Como pode fazer essas acusações?! Nada tenho com o sinhozinho, e a sinhá era como uma irmã para mim!

— Irmã? Todos comentam de sua sem-vergonhice com o senhor Augusto! Dizem que isso já acontecia há muito tempo, antes mesmo da morte da sinhazinha. Além disso, ela me falou que você iria ajudá-la a se livrar dele! — Pedro pôs-se a chorar. Naquele momento, dava vazão a um choro que vinha do fundo de sua alma, pois soubera também do filho que Renata esperava. Tinha certeza de que aquele bebê era dele.

Aproveitando-se daquele momento de fraqueza, Clarice saiu correndo. O coração da escrava estava aos saltos e intimamente ela pensava que precisava fazer algo antes que Pedro começasse a falar sobre o que sabia pela fazenda. E mesmo que Augusto não se importasse com o que ela fizera — uma vez que o fizera para defendê-lo das artimanhas de Renata —, seus antigos senhores certamente pediriam justiça em nome da filha, e a ela não restaria outra coisa além da morte no tronco. De repente, uma ideia passou pela mente de Clarice, que, sem pensar duas vezes, rasgou o vestido e correu para dentro da casa-grande. A moça encontrou seu senhor no escritório, adentrou o local chorando descompassadamente e postou-se diante dele. Augusto, vendo o estado da escrava, comentou:

— O que aconteceu, negrinha?

— Pedro, senhor, aquele escravo que é filho de pai Antônio. Ele veio me espancar! Está louco e dizendo que eu matei a sinhazinha!

Augusto não estava compreendendo aonde Clarice queria chegar e, levantando-se, postou-se à frente da escrava dizendo:

— O que um negro da senzala tem a ver com a morte de minha esposa, negrinha? Não estou conseguindo entender! Seja mais clara, ande!

— Ele disse que era o pai da criança que a sinhazinha esperava e me acusou de tê-la matado! Logo eu, que fui criada com a sinhá! Ele está doido, senhor Augusto!

Augusto sentiu o sangue ferver; não acreditava que Renata fosse capaz de se deitar com um negro, porém, Clarice nunca fora de mentir. Acabou, então, acreditando nas palavras da criada e, sem querer ouvir mais nada, chamou o capataz e ordenou-lhe que fosse buscar o negro e o amarrasse no tronco.

Pouco tempo depois, Augusto chegou ao local acompanhado de Clarice, que sorriu quando viu Pedro amarrado. O senhor pegou o chicote das mãos do feitor e aproximou-se do negro dizendo ao seu ouvido:

— É verdade o que a negrinha Clarice veio me contar? Por acaso, você anda espalhando por aí que minha falecida esposa estava prenhe de você?

Pedro sentiu seu sangue ferver. Viver sem Renata em seus braços era pior que a morte, então, com fúria, encheu os pulmões de ar e gritou para os quatro cantos da fazenda ouvirem:

— É verdade, maldito! Era comigo que a sinhá se deitava todas as tardes lá pras bandas da cachoeira! E era meu o filho que ela esperava!

Augusto mordeu os lábios e, sentindo o sangue ferver, começou a dar chibatadas no negro, que ria. Quanto mais sentia a fúria de seu senhor, mais Pedro bradava que se deitava com a sinhá, uma cena lastimável que nunca mais saiu da mente daqueles escravos, que, naquele final de tarde, viram o pobre negro dar seus últimos suspiros ao som do chicote de seu senhorzinho.

***

Meses depois, a Lei Áurea foi assinada. Ao ver o alvoroço dos negros quebrando a senzala, Clarice correu para a casa-grande, onde Augusto, sentado, tomava uma taça de licor. Ela abriu um sorriso e disse:

— Os negros estão quebrando tudo, sinhozinho!

Augusto riu prazerosamente e, olhando fundo nos olhos da escrava, respondeu:

— Por acaso você acha que é o quê, sua negrinha? Branca? Ou acredita que, só pelo fato de eu ter me servido de você, é melhor que esses negros imundos que estão festejando a abolição?

Clarice sentiu um nó na garganta. Augusto era sempre gentil quando se deitava com ela, nunca fora agressivo e demonstrava certo carinho pela escrava, que fora amante dele durante anos. Ela o ouvira tantas vezes confessar-lhe que, desde a noite em que a vira com o vestido de sua sinhazinha, a desejara ardentemente e que era ela quem ele amava e não a Renata, que nunca dera valor ao homem com quem se casara.

Augusto, vendo que lágrimas banhavam a face da negra, levantou-se, pegou-a pelo braço com força e conduziu-a até a varanda da casa, onde podia ver os negros gritando e festejando a liberdade, enquanto seus capatazes armados protegiam a entrada da fazenda para que nenhum negro tentasse invadi-la. Fazendo Clarice olhar para a senzala que começava a pegar fogo, ele comentou:

— Aqueles malditos são seu povo, sua raça! Você nunca passou de uma escrava nesta casa e, como agora está livre, vá com eles!

Augusto fez Clarice descer os lances de escada para se juntar aos seus e, em seguida, trancou-se na casa-grande, desejando nunca mais precisar conviver com um negro. Clarice, por sua vez, perdida e com o coração partido, sumiu no mundo com os negros, que ganhavam as estradas de terra, sem rumo, mas felizes por estarem livres.

Capítulo 18

Vagner olhou para seu corpo, que estava sendo removido. Jocasta, notando que ele estava indeciso, aproximou-se dizendo:

— Seu coração ainda está resistindo. Chegou a hora de escolher que caminho você vai seguir!

Vagner consentiu com a cabeça. Conseguira acertar-se com Fernanda e precisava seguir seu caminho adiante. Deixando uma lágrima cair por sua face, Vagner aproximou-se da ex-noiva e, passando levemente as mãos pelo rosto da moça, comentou:

— Sinto que devo permanecer na matéria. Algo dentro de mim está gritando para que eu passe a defender a doação de órgãos e é o que farei!

— Seja feliz! — respondeu Fernanda com lágrimas nos olhos. E, dando um leve beijo na face de Vagner, olhou para Jocasta, que estendeu a mão para ele e o ajudou a voltar ao seu corpo físico. — Acho que agora posso dar um novo rumo para minha vida!

— Sim! Vou levá-la de volta para aquele hospital no astral. Élcio está à nossa espera! Vamos!

Jocasta enlaçou a jovem, e juntas volitaram até o hospital em que Élcio, sentado no jardim, as esperava. Quando viu o jovem senhor à sua frente, Fernanda deu-lhe um abraço apertado e em seguida disse:

— Me perdoe! Meu egoísmo não me deixou ver o bem que estava me fazendo!

— Não há nada o que perdoar, Fernanda. Somos todos espíritos errantes e cometemos erros acreditando que estamos no caminho certo. Seja bem-vinda à nossa casa de restabelecimento! Aqui, você vai se preparar para seguir seu caminho em outras colônias.

— Eu? Ir para outro lugar? Pensei que ficaria aqui para sempre!

— Sempre é muito tempo! Você ficará conosco até se sentir preparada para novos conhecimentos e escolherá uma colônia onde poderá viver e aprender até o momento em que sua consciência a chamar a outro plano reencarnatório.

— E receberá minhas visitas, constantemente! — comentou Jocasta abraçando sua tutelada, que, ao perceber que a senhora não ficaria naquele local, perguntou:

— Não posso acompanhá-la? Sinto-me tão bem em sua presença!

— Cada um vive de acordo com sua evolução, Fernanda. Nada a impede de morar na colônia em que resido, mas não neste momento. Precisamos esperar um pouco mais, contudo, não se preocupe. Estarei sempre olhando por você!

Fernanda abraçou-a com carinho, e, quando se separaram, Jocasta despediu-se do amigo, deixando sua tutelada aos cuidados dele com a promessa de retornar em breve.

— Bem... acredito que precise de um bom descanso e de uma sessão de luzes para limpar seu corpo fluídico! Vamos?

Fernanda consentiu com a cabeça e caminhou para as dependências do hospital com o coração apertado por não saber como estava Vagner, que seguiu a vida ao lado de seus novos amigos.

***

Silvana e seus amigos continuavam o trabalho de mentalização, quando ouviram um toque do celular de Roberto. O rapaz leu a mensagem e abriu um leve sorriso dizendo:

— O investigador me mandou uma mensagem. Já encontraram Vagner, e Guilherme está me pedindo para ir ao Hospital das Clínicas.

— Meu Deus! Ele quer que você vá ao hospital?! Mas por quê? Vagner está bem? — perguntou Lara com o coração aos saltos.

— Ele não entrou em detalhes. Vou agora para lá e lhes mantenho informados!

— Faça isso! Continuaremos vibrando por todos! — respondeu Silvana.

Um dos rapazes completou:

— Vai ficar tudo bem! Vagner fez sua escolha, e o espírito que estava sugando suas energias não pode mais atingi-lo!

— Graças a Deus! — falou Lara, que pediu licença a todos e, se dirigindo a Roberto, decidiu:

— Eu irei com você, pois não posso ficar aqui sem saber se Vagner está realmente bem.

Roberto consentiu com a cabeça. Desde que voltou de sua viagem, ele notara que Lara estava gostando de Vagner, mas não tinha certeza da reciprocidade desse sentimento.

Pouco depois, quando chegaram ao hospital, encontraram Guilherme à porta. Após os cumprimentos, o investigador foi direto ao assunto:

— Vagner está em observação. Ele teve duas paradas cardiorrespiratórias e está ainda muito frágil!

— Mas o que aconteceu? Ele realmente estava com Carlos?

O investigador respirou fundo e colocou-os a par do que acontecera. Os dois ouviram a tudo atentamente, e, quando Guilherme terminou seu relato, Lara comentou:

— Nossa, nunca poderia imaginar que Vagner estava atrás de Carlos e que pensava que ele tinha vendido um coração para mim.

— Acho melhor não julgarmos, Roberto — comentou Guilherme e, notando o desapontamento de Lara, tornou: — Em minha profissão, aprendi que não devemos julgar nada pelas aparências, pois, como já dizia minha avó, nem tudo o que reluz é ouro. Muitas vezes, tomamos como verdadeiras meias palavras e não paramos para analisar a situação como um todo, portanto, acho melhor esperarmos Vagner acordar para que ele possa nos esclarecer os fatos.

— Guilherme está certo, Lara. Eu percebo que aconteceram muitos desencontros nessa história e que só o diálogo sincero, daqui para frente, poderá colocar tudo em seu devido lugar.

Lara ficou pensativa. Não havia nada que ela pudesse fazer naquele momento a não ser esperar Vagner se restabelecer para que, juntos, pudessem esclarecer toda aquela confusão que teve início a partir de uma dedução equivocada da parte dele. A moça soubera de amigos de Silvana que Vagner fora conduzido por espíritos ignorantes dispostos a destruir a vida dele por pura vingança.

Notando que Lara estava com o olhar perdido, Roberto chamou-a de volta à realidade e juntos os dois entraram no hospital. O médico que atendera Vagner os colocou a par da situação e lhes pediu que esperassem até o dia seguinte, quando, de acordo com o quadro do paciente, autorizaria a entrada deles no quarto. Sem terem mais o que fazer, Roberto e Lara voltaram para a casa de Silvana, onde todos permaneciam em vigília.

Assim que entraram na casa da amiga, Roberto e Lara contaram o que havia acontecido. Silvana já estava encerrando a reunião daquela noite, quando ouviu um breve suspiro vindo de um dos médiuns, o que a fez aproximar-se dele e falar:

— Seja bem-vindo à nossa casa!

— Obrigada! — respondeu o espírito, que, voltando-se para eles, tornou: — Estou aqui hoje para falar um pouco sobre os desencontros da vida e sobre a forma equivocada como enxergamos algumas situações e acreditamos naquilo que nossa mente consciente aceita como verdadeiro, de acordo com a forma deturpada que aprendemos a enxergar a vida ao longo dos anos. Foi assim com Fernanda que, acreditando estar sendo traída pelo noivo, acabou provocando um acidente que a levou ao desencarne; foi assim com Vagner, que acreditou que os órgãos de sua noiva haviam sido vendidos por médicos traficantes de órgãos. Espero que todos possam ter tirado proveito dessa lição. A vida é muito mais complexa do que nossa imaginação pode alcançar. Dar vazão a pensamentos equivocados é o mesmo que se ligar a correntes psíquicas negativas, e a consequência disso é atrair para si o negativo para a vida. Um dia, nós teremos de colher os frutos do que plantamos, e não por castigo, mas para que possamos aprender com nossos erros. Obrigada a todos e que o universo os cubra com suas generosas bênçãos! — o espírito calou-se, fazendo cada um refletir sobre suas palavras.

Silvana encerrou a reunião agradecendo a Deus pela ajuda recebida e a todos os envolvidos. Aquela noite ficaria marcada no coração de todos para sempre.

Capítulo 19

Os dias que se seguiram foram tranquilos para Vagner, que ficou internado devido à sua saúde fragilizada. Lara, por sua vez, decidiu não visitá-lo.

Quando Vagner recebeu alta, Roberto fez questão de levá-lo para sua casa, para que o amigo pudesse se restabelecer com conforto.

Uma semana depois, Vagner, acompanhado de Roberto, entrou na delegacia para prestar depoimento. Carlos o acusara formalmente de tentativa de homicídio e cárcere privado, e o delegado, diante das provas testemunhais e do próprio depoimento da vítima, acolheu a denúncia. No entanto, como Vagner era réu primário e possuía residência fixa e emprego, acabou pagando a fiança e foi autorizado a responder o processo em liberdade.

Quando estavam prontos para sair da delegacia, Guilherme levou-os até sua sala e, depois de pedir que se sentassem, comentou:

— Você foi muito imprudente, meu amigo, e agora terá de responder por seus atos, mas não foi para falar sobre você que os chamei aqui. Na verdade, quero agradecê-los pela ajuda no caso do tráfico de órgãos, que, na verdade, se tratava apenas de estelionato.

— Estelionato?! Como assim? — Roberto trocou olhares com o investigador, que combinara com Guilherme de só abordarem esse assunto juntos.

Após tomar um gole de água, o investigador respondeu:

— Estelionato, artigo 171! De acordo com o depoimento de Roberto e de um casal do Rio de Janeiro e de acordo também com as provas encontradas no computador de Carlos, constatou-se que a quadrilha, comandada por outro médico de São Paulo, cometia estelionato. Os integrantes entravam em contato com familiares de pacientes à espera de transplante e prometiam colocá-los em primeiro lugar na fila da doação de órgãos. Essas pessoas procuravam famílias abastadas que, desesperadas e dispostas a tudo, pagavam quantias exorbitantes para a preferência, o que não acontecia, pois em nosso país há um controle rigoroso e muito criterioso da fila de espera. Leva-se em conta não o poder aquisitivo do paciente e sim o estado clínico e patológico da pessoa.

Guilherme fez uma pausa, e Roberto, desejando não ter mais segredos com o amigo, interpelou:

— Foi o que aconteceu comigo, meu amigo, quando descobrimos que a doença de Lara estava se agravando. Eu fiquei desesperado, afinal, ela é uma funcionária excelente e se tornara quase uma filha para mim. Desejando ajudá-la, fui à procura de Carlos, que me indicou um médico que, segundo ele, era um excelente cardiologista e um amigo próximo. Carlos me disse que não se achava apto a ajudar no caso de Lara, então, fui à procura do tal médico. No meio da conversa que iniciamos, ele me fez uma proposta: se eu lhe desse 300 mil reais, ele conseguiria furar a fila do transplante e colocar Lara na frente. Eu concordei e não medi as consequências de meus atos — Roberto fez uma pequena pausa e, ao notar que Vagner estava atento, prosseguiu: — Sabe... isso foi bem antes do transplante. Quando percebi que tinha caído em um golpe, fui atrás de meu primo e o confrontei. Ele me disse que não sabia que o amigo havia me pedido dinheiro, prometeu que me devolveria a quantia e me implorou para não denunciá-lo à polícia. A partir daquele dia, me senti em dívida com minha consciência e, quando ele me devolveu o dinheiro, fiz uma doação para uma associação beneficente.

Após uma breve pausa, Roberto continuou:

— Naquela época, Silvana começou a me falar de assuntos ligados à espiritualidade, e eu passei a frequentar a casa dela. A paz, no entanto, só veio mesmo na tarde em que criei coragem e denunciei Carlos e sua quadrilha. Sei que posso responder a um processo pelo que fiz, mas, assim como você, encararei tudo com coragem.

— Isso dependerá do promotor, Roberto. Você veio até nós de livre e espontânea vontade, nos ajudou a prender essa quadrilha de médicos estelionatários, e isso será levando em consideração pela promotoria — informou Guilherme, que se voltando para Vagner, completou: — E quanto a você, tente aprender a lição: nunca faça justiça com as próprias mãos. Confie na polícia e na justiça dos homens, e, se ambas falharem, você ainda terá a justiça divina, que é implacável.

— Para aprendermos com nossos erros e não para punirmos. Vale ressaltar! — completou Roberto, fazendo os dois rirem.

Aproveitando a deixa, Guilherme despediu-se dos dois, que saíram da delegacia de cabeça erguida, não por estarem quites com a justiça, mas sim com suas consciências.

— Silvana me pediu para convidá-lo para ir ao apartamento dela amanhã à noite. Ela fará uma reunião especial para agradecer a ajuda recebida da espiritualidade — Roberto informou.

— Irei com imenso prazer! Aproveitarei a oportunidade para falar com todos reunidos!

Roberto abriu um sorriso e estacionou o veículo na garagem, sem tocar novamente naquele assunto.

***

Na noite seguinte, Vagner chegou ao apartamento de Silvana acompanhado de Roberto e da esposa e foi recebido com alegria pela dona da casa, que tratou de apresentá-lo aos demais convidados. Ao vê-lo, Lara, que estava conversando com um dos rapazes, pediu licença e foi ter com Vagner, dando-lhe um abraço demorado.

— Fico feliz que esteja bem!

— Sei disso. Obrigado. — Vagner fitou-a deu-lhe mais um abraço apertado. Em seguida, ele foi cumprimentar os outros conhecidos.

A reunião estava animada, e todos conversavam alegremente, evitando apenas tocar em assuntos relacionados aos dramas vividos nos últimos dias. O jantar fora servido ao som de *jazz*, em um clima harmônico. Após a refeição, todos voltaram à sala onde a conversa retornou animada. Vagner, vendo que Silvana estava sozinha, foi ao seu encontro e cochichou algo em seu ouvido. Minutos depois, ela chamou à atenção de todos dizendo:

— Como todos já sabem, fiz questão de reuni-los aqui para comemorar a vida e agradecer-lhes o auxílio. É claro que devemos agradecer a Deus e aos espíritos amigos a ajuda no caso de nosso querido Vagner, mas, sem a boa vontade de vocês, que vieram a esta casa e vibraram boas energias para ele, talvez nossos amigos do astral maior tivessem mais dificuldade de nos ajudar. Devo lembrá-los das palavras de Cristo, que disse que Deus aliviaria aqueles que tivessem pesados fardos. Isso é para nos lembrar de que precisamos nos conectar com as boas energias que regem o universo e das quais nos servimos. Agora, passo a palavra para o nosso amigo. Vagner, por favor.

Ele levantou-se do sofá, atraindo todos os olhares para si. Vagner esperou que Silvana se juntasse ao grupo e, após respirar fundo para criar coragem, pôs-se a falar:

— Em primeiro lugar, quero agradecer o carinho de todos, pessoas que, mesmo sem me conhecerem, se dispuseram a me ajudar. Acreditem: eu sinto como se todos fossem da minha família, então, quero aproveitar a oportunidade para contar-lhes o que se passou comigo.

Vagner fez uma pausa, pois seu coração estava disparado. Ele não sabia qual seria a reação de Lara quando ouvisse o que ele tinha a dizer, mas aprendera que a sinceridade é um bálsamo que alivia a alma. Vagner, então, criou coragem e prosseguiu:

— Quando cheguei a São Paulo, desejava recomeçar minha vida longe de minha terra natal, onde Fernanda, minha noiva, sofreu um acidente quando me viu ser beijado por outra mulher. Ela teve morte cerebral, e os órgãos dela foram doados com meu consentimento e com o dos seus pais. Quando cheguei a esta cidade, estava realmente disposto a recomeçar minha vida, esquecer o passado e seguir em frente, mas a vida tem suas formas de agir... Ou seja, não adianta querermos fugir dos problemas, pois eles sempre nos acompanham.

Após uma pausa para refletir, Vagner continuou:

— Comecei a trabalhar no escritório de Roberto, conheci Lara e soube que ela tinha passado por um transplante de coração. A princípio, pensei se tratar de uma coincidência e não levei muito a sério, mas o tempo foi passando e comecei a acreditar que ela havia recebido o coração de Fernanda. As peças começaram a se encaixar em minha mente, e aquilo foi me dominando a ponto de eu não conseguir raciocinar mais. Estava convicto de que Roberto tinha pagado uma quadrilha para que Lara recebesse um coração e que Fernanda havia sido vítima de um grupo de traficantes de órgãos. Sei que a ideia é um pouco estapafúrdia, porém, minha mente deu um nó. Passei, então, a pesquisar tudo sobre o assunto e acabei acreditando em lendas urbanas.

Vagner respirou fundo, pois aquelas lembranças mexiam muito com suas emoções.

— Quando fui tirar satisfações com doutor Carlos, estava disposto a acabar de uma vez por todas com aquela história e fazer justiça com as próprias mãos. Não sei o que me deu, pois, muitas vezes, eu sentia que um homem me observava o tempo todo. Não vou usar isso como justificativa, pois sou responsável por meus atos e nada que eu tenha feito sob a influência de energias externas ocorreu sem meu consentimento. O mais interessante foram as experiências pelas quais passei. Após receber uma injeção, que, segundo um dos médicos da equipe de Carlos, era uma espécie de tranquilizante, comecei a ter alucinações. Eu via um homem com uma máscara cirúrgica dizendo que havia retirado meu rim. Depois, vi o mesmo homem segurando um bisturi e dizendo que tiraria meu coração a sangue frio, e, por último, vi Fernanda. — Vagner buscava na memória os detalhes daquela experiência: — Ela estava acompanhada de uma senhora que emanava uma luz que nunca vi igual. Fernanda conversou comigo, disse que me perdoava e que eu deveria seguir meu caminho. Disse também que eu deveria me perdoar, pois só assim teria paz de espírito. Portanto... aqui, entre pessoas que estudam a espiritualidade, posso falar que passei a acreditar e gostaria, com a permissão de vocês, de acompanhar as reuniões. Gostaria também de mais uma vez pedir desculpas a Roberto e, principalmente, a Lara.

Vagner calou-se, e Lara enxugou uma lágrima que insistia em cair por sua face. A moça já sabia o que se passava na mente do amigo, mas ouvir dele aquele desabafo sincero a fez repensar toda a história. Para ela, não havia vítimas e sim um grande aprendizado do qual cada um tiraria as lições necessárias para sua evolução espiritual. Sem dizer uma palavra, Lara aproximou-se dele e deu-lhe um abraço apertado. Roberto, Silvana e todos que ouviram o desabafo de Vagner repetiram o gesto, formando uma corrente na qual todos eram um. O que eles não puderam ver foi uma chuva brilhante vinda das esferas mais elevadas, que tomou conta do ambiente para brindá-los com o amor de Deus.

Capítulo 20

— Bom dia, Fernanda!

— Bom dia, Élcio. Hoje, eu acordei me sentindo completamente renovada! — exclamou Fernanda, que andava entre as flores do jardim naquele hospital no astral. Élcio, vendo a moça feliz, disse:

— É sinal de que está preparada para nos deixar e seguir seu caminho!

Fernanda sentiu um nó na garganta. Fazia alguns meses que voltara para aquele hospital e estava acostumada com a rotina daquele lugar. Com a autorização de Élcio, a moça passou a ajudar os desencarnados que, assim como ela, chegavam perdidos da crosta terrestre e que, muitas vezes, exigiam direitos que acreditavam possuir. Fernanda gostava tanto de seu trabalho que passava horas entre os recém-chegados contando sua história para que eles não cometessem os mesmos erros e ficava feliz quando conseguia mostrar a alguém que permanecer em tratamento naquele lugar era a escolha certa. Notando-a pensativa, Élcio explicou:

— Sei que não quer nos deixar e saiba que não é obrigada a fazer isso. Se quiser, você poderá ficar em nosso hospital como enfermeira, mas primeiro deve conversar com uma pessoa que a espera em minha sala!

— Não me diga que... — Fernanda abriu um sorriso ao ver o amigo fazer um sinal de positivo e deixou-o no jardim. A moça correu para a sala de Élcio e sorriu ao avistar Jocasta, que olhava pela janela o jardim e as pessoas que circulavam por ele:

— Quando Élcio falou que estava aqui, eu não acreditei! Sinto tanto sua falta.

Jocasta abraçou Fernanda com ternura, e a moça, sentindo a energia gostosa que aquele espírito amigo emanava, afastou-se dizendo:

— Estou começando a ter pequenas lembranças de minha encarnação passada. Élcio falou que é normal, mas sinto que algo me incomoda.

Jocasta não respondeu, limitando-se a pegar levemente as mãos da jovem e a conduzir até uma sala, onde uma tela semelhante a um aparelho de televisão estava fixada na parede. Jocasta indicou uma cadeira para Fernanda e começou a explicar:

— Élcio me falou de suas lembranças, sinal de que está madura para conhecer parte de seu passado. Não que isso seja de extrema importância, uma vez que você pode alterar os fatos mudando seus pensamentos presentes, mas, no seu caso, acredito que seja viável rever fatos que marcaram sua encarnação anterior.

Jocasta ficou em silêncio, e Fernanda fixou os olhos na tela. Pouco depois, as imagens começaram a ganhar forma à sua frente. A moça viu seu nascimento na Fazenda Ouro de Minas, sua infância, Augusto, a noite em que ele chegara à fazenda acompanhado dos pais para oficializar o noivado com Renata, a brincadeira do vestido que deixou Antonieta furiosa, o casamento, a vida na fazenda de Augusto, a morte de Carmem por envenenamento e, por fim, a troca do cálice de licor e todos os acontecimentos seguintes. Fernanda assistiu a tudo com lágrimas nos olhos. Quando as imagens cessaram, ela voltou-se para Jocasta dizendo:

— Meu Deus! Como isso é possível? Sinto que Augusto é Vagner e que a senhora foi Antonieta. Na outra vida, Roberto foi seu esposo Alonso; Lara foi Renata; e eu fui Clarice! — Fernanda calou-se por alguns instantes, tentando ligar todos os fatos. A moça fora a mucama de Renata, a quem traíra por causa do amor que sentia por Augusto. Quando sua sinhá lhe contou o plano de assassinar o marido, ela viu-se obrigada a escolher entre o homem que amava e sua senhora, a quem considerava uma irmã. Ela fez sua escolha e acabou decidindo-se por matar friamente sua senhora, entregando-lhe o cálice com veneno e fazendo-a provar do seu próprio mal. Finalmente, lembrou-se de Pedro e deu um grito. Jocasta, lendo os pensamentos de Fernanda, comentou:

— Sim, Denys é na verdade Pedro, o negro que você denunciou a Augusto e que morreu no tronco amaldiçoando vocês dois.

— Mas como isso é possível? Ele reencarnou? Denys é branco e não se parece nem de longe com Pedro.

Jocasta, notando a confusão de Fernanda, explicou:

— Quando está fora da matéria, o espírito pode mudar sua forma. Pedro adquiriu uma aparência anterior à sua encarnação no Brasil, quando foi um francês, mas essa é uma história que não vem ao caso.

— Entendi! — disse Fernanda quase para si mesma.

Notando que a moça ainda precisava saber dos detalhes que haviam ficado ocultos, Jocasta explanou:

— Quando Renata tomou o veneno, foi socorrida por amigos que a trouxeram para uma colônia de refazimento. A princípio, ela ficou furiosa achando que você tinha se enganado e trocado os cálices. Ela estava quase aceitando o desencarne, quando descobriu a verdade. Sedenta por vingança, ela voltou para a fazenda e uniu-se a Pedro para obsidiá-la e para obsidiar Augusto, que, embora não a amasse, nutria um sentimento verdadeiro por você. Renata, sabendo que ele era preconceituoso, começou a colocar na mente dele que você não passava de uma negra. Na noite da alforria, Renata aproveitou-se do ódio que ele estava sentindo dos negros para influenciá-lo a se livrar de você, o que foi aceito de pronto, uma vez que ele não desejava mais seus serviços íntimos e que você começara a cobrar dele que a assumisse como esposa.

Jocasta sabia que precisava esclarecer tudo a Fernanda:

— Depois de sua partida, Augusto permaneceu na fazenda, casou-se novamente e teve mais dois filhos. Renata, cansada de ficar naquele local, aceitou ajuda. Pedro, com o coração endurecido, não conseguiu perdoar vocês dois e até hoje busca uma vingança que não o levará a lugar algum!

— Sim! A vingança não nos leva a nada. Aprendi isso a duras penas!

— Pena que Pedro ainda não percebeu isso, mas sinto que o dia dele está próximo, e que estamos dispostos a ajudá-lo quando for a hora, não é mesmo? — Jocasta questionou Fernanda.

— Claro! Depois de saber a verdade, é tudo o que mais quero! — Fernanda ficou pensativa, pois ainda lhe restava uma dúvida. Não se fazendo de rogada, a moça concluiu: — Bem... agora que sei toda a verdade, acho que finalmente todas as peças se encaixaram em minha mente. Eu matei Lara, ou seja, Renata, na encarnação passada e nesta vida lhe dei meu coração para ficarmos quites. Foi isso o que aconteceu?

Jocasta riu prazerosamente da forma ingênua com que sua tutelada lhe colocara aquela questão e disse em seguida:

— Você acha mesmo que a vida é um jogo de toma lá, dá cá? Acredita que os desígnios divinos só giram em torno de dois ou três espíritos em processo de aprendizado?

— Na verdade, não sei... Eu só achei óbvio, só isso.

— E desde quando a vida é óbvia, minha menina? Feche os olhos e sinta seu coração, não o órgão propriamente dito, mas a essência divina que habita em você.

Fernanda obedeceu e sentiu seu coração pulsar fortemente dentro do peito. Ele estava batendo como se ainda estivessem na carne. A moça, então, sentiu-se grata a Deus e uma onda de amor invadiu seu peito. Pouco depois, as duas mulheres já não estavam mais na sala. Quando Fernanda abriu os olhos, notou que estavam em um apartamento em Copacabana, onde reconheceu Marcelo. Voltando-se para Jocasta, Fernanda perguntou:

— Foi Marcelo quem recebeu meu coração? Então...

— Sim, Denys sabia disso e a usou para adoecê-lo. Agora, lhe peço que olhe para ele com os olhos da alma!

Fernanda obedeceu e logo viu a fisionomia da velha bruxa, a mulher que lhes dera o veneno e que previra o futuro. Jocasta, vendo que a moça abrira e fechara a boca, elucidou:

— Quando vocês foram chamados para uma nova oportunidade na matéria, havia ainda muitos assuntos pendentes. Você se sentia culpada pelo que fizera a Renata e ela pelo que fizera a Carmem, pois ambas caíram em si e se deram conta do equívoco que haviam cometido ao ceifarem a vida de pessoas para satisfazer seus desejos pessoais. No perispírito de Renata ficou registrado a forma drástica como ela desencarnou, o que acabou afetando seu órgão vital, ou seja, o coração. Ela sabia, por exemplo, que provavelmente teria problemas cardíacos. A vida, seguindo o melhor para a evolução de cada um e de acordo com o que vocês estavam vivendo e aprendendo na matéria, decidiu fazer sua parte. Com seu desencarne, você salvou a velha bruxa que voltou à carne na pele de Marcelo, aprendendo com a dor suas lições. Renata também precisava aprender, por meio do sofrimento, a não ferir ninguém, e você, que agira por impulso, pois não tinha incrustado em seu espírito a vontade de acabar com a vida de seu próximo, simplesmente escolheu entre a sinhá e o amor que acreditava sentir por Augusto. Em um ato impensado, você provocou o acidente, ajudando a velha senhora de outrora.

Jocasta abriu um lindo sorriso ao terminar sua explanação, e Fernanda, vendo que Marcelo conversava animadamente com os pais e divagava sobre o que estava aprendendo sobre a espiritualidade, aproximou-se do rapaz e abraçou-o com carinho, sentindo ali seu coração bater fortemente. Naquele momento, a moça agradeceu a Deus pela oportunidade de ajudar um irmão que, assim como ela, estava no caminho do aprendizado.

Capítulo 21

A noite chegou com muitas estrelas no céu na cidade de São Paulo. Vagner olhou-se no espelho e estava se sentindo muito bem. Já fazia alguns meses que frequentava as reuniões na casa de Silvana e nesse tempo aprendera a desenvolver o amor-próprio, algo que ele acreditava já possuir. Com os esclarecimentos da espiritualidade, no entanto, acabou percebendo que aquilo que considerava amor-próprio era, na verdade, orgulho e vaidade. O rapaz repensou em sua vida e descobriu que não amara Fernanda verdadeiramente, pois, como Silvana lhe explicara, ninguém consegue amar outra pessoa se não encontra o verdadeiro amor dentro de si, pois foi esse o mandamento deixado por Cristo: "Amar a Deus sobre todas as coisas e ao próximo como a si mesmo". Amar a Deus significava amar todas as suas criações e ter dentro de si a certeza de que o universo e a força criadora habitavam nEle e em toda a Sua criação. Só assim, o amor poderia se manifestar nele, e através dele atingir o seu próximo, o ligando a todos e todos a ele. E, com esses pensamentos, Vagner deixou o apartamento para onde voltara após se restabelecer na casa de Roberto. Ficaria ali, no entanto, por pouco tempo, enquanto aguardava a sentença do juiz para recomeçar a vida.

Vagner pegou um táxi rumo à casa de Roberto e permaneceu absorto em seus pensamentos, olhando a paisagem naquela noite primaveril.

Acompanhada de Silvana, Lara chegou à casa de Roberto usando um lindo vestido longo em um tom de lilás bem clarinho. Era aniversário do anfitrião. A moça carregava um pequeno embrulho nas mãos e, ao ver o amigo, entregou-lhe o presente e deu-lhe um abraço apertado. Roberto, notando que as amigas estavam lindas, abriu um sorriso de orelha a orelha e comentou:

— Não sei não, mas sinto que esta noite vocês vieram dispostas a arrumar um casamento!

As duas riram prazerosamente com o comentário, e Silvana retrucou:

— Não seja machista, Roberto!

— Não sou, mas mulher é que nem índio! Quando se pinta e se arruma muito é porque quer guerra!

Silvana trocou olhares com Lara e respondeu ao amigo:

— Mulher gosta de estar de bem consigo mesma, seu bobo!

Os três dirigiram-se à sala, onde alguns grupos conversavam animadamente. As duas avistaram os colegas do escritório e juntaram-se a eles. Vagner chegou minutos depois e foi recebido pelo amigo com carinho. Quando entrou na sala, deparou-se com Lara e por alguns segundos sentiu uma leve tontura, pois pensara ter visto de relance a figura de Renata. Notando que Vagner a fitava assustado, a moça comentou:

— Estou tão diferente assim? Por que se assustou?

— Não, não! — respondeu Vagner balançando a cabeça para tirar aquela imagem da mente. E, voltando-se para ela, justificou-se: — Tive uma espécie de visão, quase um *déjà-vu*. Por um momento, pensei ter visto outra pessoa na minha frente, uma linda mulher de pele clara. Senti também que algo entre mim e ela ficou mal resolvido!

— Assim você me assusta, Vagner! — brincou Lara, tentando mudar de assunto para não lhe confessar que sentira a mesma coisa. Por alguns segundos, a moça acreditara que a mulher que Vagner vira era ela em uma encarnação passada e na pele de uma mulher branca.

Vagner, por fim, riu, e os dois iniciaram uma conversa sobre trivialidades.

A festa estava animada. Roberto ia e vinha tentando dar atenção a todos os convidados, quando, de repente, Vagner o chamou e cochichou algo no ouvido do anfitrião, fazendo-o abrir um sorriso maroto como resposta. Roberto, então, dirigiu-se ao aparelho de som. Os dois tinham gostos musicais parecidos e não foi difícil para ele encontrar um CD do Gonzaguinha. Pouco depois, uma bela melodia começou a ser ouvida por todos, e Vagner aproximou-se de Lara para fazer-lhe um convite:

— Você me concede a honra desta dança?

Lara pegou a mão que ele oferecia, e os demais convidados perceberam o clima romântico entre os dois e deixaram-nos rodopiarem à vontade pela pequena pista de dança improvisada.

— Pedi para Roberto colocar essa música. Quando a vi neste vestido, a letra veio à minha cabeça. Acho que ela descreve tudo o que estou sentindo neste momento.

Lara fechou os olhos e sentiu a bela canção invadir sua alma. O coração da moça começou a bater descompassado e, aproximando os lábios do ouvido dele, sussurrou cantarolando:

— *[...] A fé no que virá*
E a alegria de poder olhar pra trás
E ver que voltaria com você
De novo, viver neste imenso salão.
Ao som desse bolero vida, vamos nós
E não estamos sós, veja, meu bem
A orquestra nos espera
Por favor!
Mais uma vez, recomeçar [...]. [2]

— Não sei onde nós paramos — se é que paramos algo um dia —, mas o que acha de recomeçarmos? — perguntou Vagner, parando de dançar para

2 *Começaria tudo outra vez*, de Gonzaguinha.

olhar fixamente para Lara, que, sem saber por que, deixou que uma discreta lágrima caísse por sua face.

— É tudo o que desejo!

Ao ouvir aquela resposta, Vagner não falou mais nada e beijou-a com ternura na frente de todos que assistiam felizes àquela cena. Ninguém sabia, porém, que aquele recomeço já estava programado pela espiritualidade, pois a providência divina sempre sabe o que faz. Assobios e palmas começaram a ecoar, e os dois, depois de se beijarem, se deram as mãos e deixaram o local, indo direto para a casa de Vagner, onde se amaram com sofreguidão.

***

Os meses passaram-se rapidamente. Vagner foi condenado a um ano e três meses de prisão, mas recorreu em liberdade. Ele e Lara casaram-se na presença de todos os amigos e familiares, que, felizes, compartilhavam do amor que havia entre o casal.

Lara engravidou na lua de mel e estava levando uma vida normal, apesar de precisar tomar todos os cuidados que uma gravidez requeria sendo ela uma mulher transplantada.

Na noite em que, após uma cesariana, Lara deu à luz um lindo menino, o casal batizou-o com o nome de Pedro. Era o retorno de Denys que, logo após o resgate de Fernanda, caiu em si e percebeu que estava perdendo tempo alimentando um ódio que não o levaria a lugar algum. Com a ajuda de Jocasta, ele preparou-se durante alguns meses até receber a autorização para reencarnar como filho da mulher que amara no passado e de seu antigo rival, para, assim, segundo as próprias palavras da amiga espiritual, ter a oportunidade de limpar o passado e levar uma vida mais plena e em perfeita harmonia com as leis que regem o universo.

Vagner ainda estava na maternidade, quando seu celular tocou. Ele quase rejeitou a ligação por não reconhecer o número, mas, devido à insistência, atendeu. Lara ficou observando o semblante do marido durante a conversa, ficou curiosa e, assim que ele desligou, perguntou:

— Quem era ao telefone? Você fez tantas caras e bocas! Quase peguei o aparelho de suas mãos para ouvir a conversa!

— Era um repórter de uma grande emissora de televisão. Eles querem gravar um programa sobre transplante de órgãos, e todas as pessoas que receberam os órgãos de Fernanda estarão no Parque Ibirapuera. Eles queriam saber se eu concordava.

— E você disse umas dez vezes que sim! — Lara riu prazerosamente da felicidade do marido e, após um momento de pausa, tornou: — Que bom que finalmente conhecerá os receptores dos órgãos de Fernanda!

Vagner fitou a esposa que segurava o pequeno Pedro no colo para dar-lhe de mamar e comentou:

— A vida me ensinou que devemos fazer o bem não importando a quem será feito esse bem. Hoje, estou feliz por saber que encontrarei pessoas que continuaram seus caminhos porque a vida assim o permitiu. É Deus quem opera os milagres, e a nós só resta pedir que seja feita a Sua vontade!

Lara emocionou-se com as palavras do marido, pois ela mesma era um exemplo de que Deus tinha seus motivos para manter na matéria cada um de seus filhos. E sem dizer mais nada, elevou uma prece aos céus, agradecendo de coração ao espírito que deixara a Terra e lhe doara o coração. Coração que batia alegremente pela oportunidade lhe oferecida por Deus, para que ela pudesse viver aquele momento mágico com Vagner e com o pequeno Pedro. Estavam juntos na teia da vida, que os ligava a outros tantos milhões de espíritos unidos por um só coração.

Epílogo

A tarde estava ensolarada quando Vagner chegou ao Parque Ibirapuera acompanhado de Lara e do pequeno Pedro. O casal foi recebido pelo repórter, que explicou todos os detalhes da reportagem. Vagner sentou-se em um banco do jardim, e a produção informou-lhe que colocaria cada um dos transplantados ao seu lado e que descreveria a história de vida de cada um deles e qual órgão receberam. Pouco depois, uma adolescente de aproximadamente 16 anos de idade, sentou-se ao lado dele e iniciou seu relato:

— Meu nome é Célia, nasci com uma doença degenerativa da córnea chamada ceratocone e enxergava muito pouco. Cresci sem ver direito a vida com suas cores múltiplas e, caso não conseguisse um transplante de córnea, ficaria praticamente cega. A vida lá em casa nunca foi muito fácil, pois não temos posses, e eu sabia que, se ficasse completamente cega, me tornaria um peso na vida de meus pais, que já trabalham muito para levarem o pão para nossa família. Sempre pedi a Deus uma solução para minha doença e assim fui crescendo à espera de um doador. No dia em que telefonaram para a vizinha pedindo que eu fosse ao hospital, pois a hora do meu transplante havia chegado, chorei... — Célia fez uma pausa para respirar profundamente e prosseguiu: — Você não tem noção de como é bom ter a esperança de poder enxergar com clareza e ser uma pessoa sem limitações. De como é bom olhar o céu, ver seu imenso azul e poder contemplar a beleza das flores com suas várias tonalidades. Fui para a cirurgia com o coração grato a Deus e hoje lhe agradeço e agradeço à família da doadora que, mesmo triste com a morte dela, teve presença de espírito para ajudar aqueles que, como eu, aguardavam ansiosamente pela cura de uma enfermidade. — Célia calou-se, levantou-se do banco e aproximou-se de Vagner para dar-lhe um abraço apertado, que foi retribuído com a mesma intensidade. Lara, a certa distância, emocionava-se assistindo à cena.

— Meu nome é Marcos! — apresentou-se o rapaz, após se sentar no mesmo banco em que Vagner estava. — Tenho 40 anos de idade e, aos 32, após ter pegado uma forte gripe e passar a sentir dores terríveis na região da costela, procurei um médico que me indicou um nefrologista. Depois de realizar exames de sangue e urina, descobri que era portador de uma doença renal crônica, que meus dois rins já estavam necrosados e que só um transplante salvaria minha vida. O tratamento indicado foi a hemodiálise. Moro em uma cidade pequena do interior de Minas Gerais e tinha de sair três vezes por semana para outra cidade para fazer a hemodiálise. Minha esposa havia falecido um ano antes de eu descobrir a doença, me deixando sozinho com dois filhos pequenos que precisavam de mim. Nossas famílias se perderam ao longo da vida, éramos de uma cidadezinha da Bahia e, como a maioria dos nossos parentes, deixamos a seca e a fome para nos aventurarmos em estados mais abastados, perdendo, assim, o vínculo familiar. Me vi sozinho com dois filhos e com uma doença que me impossibilitava de trabalhar na roça. Como não pagava o INSS, tinha de trabalhar para sobreviver e alimentar meus meninos. Foram tempos difíceis. Vivíamos da bondade dos vizinhos, que se juntavam para colocar um pouco de comida em nossa mesa. Muitas vezes, eles vinham com palavras de conforto e me pediam que confiasse em Deus, e eu, embora não respondesse, ficava pensando: "Deus, mas que Deus?". Que Deus era aquele que deixava seus filhos passarem por tantos dissabores, que levou minha esposa ainda jovem, vítima de um câncer, e me deu aquela doença que me impedia de trabalhar para sustentar duas crianças e me deixou à espera da morte? Sim, à beira da morte, pois vi muitos que faziam o tratamento comigo não aguentarem e morrerem. Era insuportável chegar ao hospital e, notando que algum companheiro de infortúnio estava ausente, saber que ele não estava lá por ter falecido. E assim fui levando minha vida sem esperança nenhuma de melhora até o dia em que me chamaram para o transplante. A cirurgia foi realizada com sucesso pela equipe médica, e, alguns dias depois, eu estava saudável novamente. Por isso, estou aqui para agradecer a você e à família da doadora esse gesto de amor que salvou minha vida. Gostaria de frisar que hoje consigo acreditar em Deus e sei que passei por tudo o que passei para aprender e tirar uma lição de todo o sofrimento. Peço todos os dias a esse mesmo Deus que ilumine a alma da doadora! — Marcos calou-se.

Vagner, que ouvira todo o relato com lágrimas nos olhos, abraçou Marcos fortemente e por alguns segundos pensou em sua vida e no quanto Deus fora generoso com ele, pois nascera saudável e possuía uma saúde de ferro. Colocando-se no lugar daquele homem, sentiu em seu coração que fizera a coisa certa quando insistiu para os pais de Fernanda assinarem os papéis da doação. E, com o coração transbordando de emoção, sentou-se para ouvir o relato de uma senhora que recebera um dos pulmões de sua ex-noiva. A mulher contou sua história e ressaltou que o transplante mudara sua vida, emocionando mais uma vez a todos que ouviram seu relato.

Quando a mulher terminou seu relato, o repórter e os diretores do programa fizeram uma pequena pausa para um lanche. O sol já se preparava para se pôr, quando retornaram às gravações. Um jovem sentou-se diante de Vagner e disse:

— Meu nome é Marcelo, e fui diagnosticado com uma doença cardiovascular. Quando o médico falou que só um transplante salvaria minha vida, fiquei sem chão, afinal, eram muitos os obstáculos. Era torturante saber que alguém precisava morrer para eu ter esperanças. Além disso, caso conseguisse o transplante, uma vez que o doador precisava ser compatível, ainda teria de fazer uso de imunossupressores para que meu corpo não rejeitasse o novo coração. Cada dia era um dia a mais de vida e, ao mesmo tempo, a menos, pois a luta contra o tempo era terrível. Quando me chamaram para fazer o transplante, senti como se Deus estivesse me dando uma nova oportunidade. Era um novo nascimento e, com a pouca fé e esperança que me restavam, fui para o hospital. O transplante foi realizado com sucesso e, quando voltei para casa, já estava me sentindo melhor. O tempo foi passando e os medicamentos pareciam não estar fazendo efeito. Por algum motivo, o órgão estava começando a ser rejeitado pelo meu corpo. As coisas continuaram assim até o dia em que um anjo apareceu em minha vida. Uma senhora me ensinou a viver à luz da espiritualidade e me ajudou a me reconectar com Deus. Ela me ensinou também a ser grato a Ele e a quem me doara o órgão. À medida que fui aprendendo esses conceitos, os remédios começaram a fazer o efeito desejado e não precisei voltar à fila de doadores, portanto, quero que saibam que, primeiramente, sou grato a Deus e à vida pela oportunidade de estar aqui com vocês hoje. Agradeço também aos pais de Fernanda que, num gesto de amor, doaram os órgãos da filha e, principalmente a Fernanda, que, no astral, deve estar vendo nossa conversa. Serei eternamente grato a ela.

O crepúsculo descia sobre a Terra quando Marcelo terminou seu relato e abraçou Vagner, que, com a alma em paz e a certeza de que tudo estava em seu devido lugar e que a vida sempre agia a favor da própria vida, retribuiu o abraço do rapaz. Pouco depois, todos os outros se juntaram em um abraço.

Sentindo-se parte daquela família, Lara também se uniu a eles, e uma grande roda formou-se. Dentro dela estavam Jocasta e Fernanda, que, feliz por fazer parte daquele momento, agradeceu a Deus a oportunidade de salvar aquelas pessoas que precisavam continuar suas jornadas na carne. Todos juntos formaram um grande coração no Parque Ibirapuera, e o programa foi exibido em um canal de grande audiência, passando a mensagem de que todos somos todos um!

Nota da autora espiritual

A vida sabe o que faz e muitas vezes nos coloca em posições desconfortáveis, em que precisamos decidir rápido qual é o melhor caminho a ser tomado. No caso dos transplantes de órgãos, é bem assim que acontece. Quando ocorre o desencarne de uma pessoa por morte encefálica, os médicos rapidamente procuram os familiares para explicar como acontece a doação dos órgãos vitais, que ainda continuam funcionando e que podem salvar vidas. No plano espiritual, a equipe médica também já está à espera da decisão da família, e tanto os que estão na matéria quanto os do astral deixam a decisão nas mãos daqueles que ficaram. Essa decisão, contudo, precisa ser tomada de forma relativamente rápida, pois não há muito tempo a perder. E acreditem que aqui no Brasil metade das famílias diz não à doação, o que obviamente é respeitado por todos, e a vida segue seu caminho tanto para quem desencarnou quanto para seus familiares, que continuarão sua trajetória na carne. Pensando nisso, decidi criar uma história baseada nos relatos de Fernanda, nome fictício de um espírito desencarnado que encontrei no plano astral e que, com muito carinho, me contou o que se passou com ela após seu desencarne.

Não tenho a pretensão de influenciá-los a doar ou não seus órgãos, mas fazê-los se questionarem se devem ou não ser doadores, respeitando, no entanto, suas crenças e suas formas de enxergar a vida. Na verdade, gostaria de ver o mundo em outro momento evolutivo, no qual ter que doar ou receber órgãos seja desnecessário, e, enquanto esse momento não chega, deixou-lhes a pergunta: você é contra ou a favor da doação de órgãos em caso de desencarne com morte encefálica? Pense e comunique sua decisão a seus familiares, afinal, sua resposta poderá mudar a vida de muitas pessoas que estão à espera de um transplante. Lembre-se de que nada mudará em sua vida astral e tenha a certeza de que eu, você, o médium e toda a humanidade somos um!

Muito obrigada pelo carinho que recebo de vocês a cada livro que escrevo e até um próximo trabalho.

Muita luz divina a todos!

Madalena

Crônicas

A hora é agora!
Bate-papo com o Além
Contos do dia a dia
Pare de sofrer
Pedaços do cotidiano
O mundo em que eu vivo
O repórter do outro mundo
Voltas que a vida dá
Você sempre ganha!

Coleção – Zibia Gasparetto no teatro

Esmeralda
Laços eternos
Ninguém é de ninguém
O advogado de Deus
O amor venceu
O matuto

Outras categorias

Conversando Contigo!
Eles continuam entre nós vol. 1
Eles continuam entre nós vol. 2
Eu comigo!
Em busca de respostas
Pensamentos vol. 1
Pensamentos vol. 2
Momentos de inspiração
Recados de Zibia Gasparetto
Reflexões diárias
Vá em frente!
Grandes frases

Rua Agostinho Gomes, 2.312 – SP
55 11 3577-3200

contato@vidaeconsciencia.com.br
www.vidaeconsciencia.com.br